novum pocket

AF162221

Wilfried Seifert

Aus dem Notizbuch des alt- (besser aus-) gedienten Reporters Wilfried Seifert

novum pocket

Bibliografische Information
der Deutschen Nationalbibliothek:

Die Deutsche Nationalbibliothek
verzeichnet diese Publikation in der
Deutschen Nationalbibliografie.
Detaillierte bibliografische Daten
sind im Internet über
http://www.d-nb.de abrufbar.

Alle Rechte der Verbreitung, auch
durch Film, Funk und Fernsehen, fotomechanische Wiedergabe, Tonträger, elektronische
Datenträger und auszugsweisen
Nachdruck, sind vorbehalten.

Gedruckt in der Europäischen Union
auf umweltfreundlichem, chlor- und
säurefrei gebleichtem Papier.

© 2023 novum Verlag

ISBN 978-3-903468-33-7
Umschlagfoto:
Victoria Shibut I Dreamstime.com
Umschlaggestaltung, Layout & Satz:
novum Verlag

www.novumverlag.com

INHALTSVERZEICHNIS

Widmung	7
Vorwort und Vorstellung	9
Der Sonnenkönig	13
Der Fall Lucona	15
Der Sohn der Sonne	35
Waldheim und die erste Kleine	38
Der Fall Noricum, GHN 45	43
Rund um Udo	45
Vom Rest des Kosmos	49
Der Konrad Lorenz Preis	59
Die grüne Praxis	65
Der Lucona-Prozess	68
Von Radio und Fernsehen	71
Ich werde selbständig, eine Frage auch der Technik	78
In Griechenland	93
Brief (Wir Europäer)	98
Post Scriptum	168
Kommentare	185
Zeit ist Geld, na ja!	187
Afghanistan	190
COVID 19	193
Nach COVID 19	197
Hoffentlich lügt das Fernsehen, wenigstens manchmal	201
Schadenfreude	203
Good Bye, Boris	206
Mögliche Wege aus der Krise	208

Triviale Entscheidung 218
Lukaschenko 223
Zusammenfassung und Schluss 226
Endnoten 227

WIDMUNG

Dieses Buch ist meiner Frau Helga gewidmet, die überall mitgearbeitet hat. Auch an diesem Buch.

Und sie hat mir mein Leben gerettet, und was wahrscheinlich mühsamer ist, mein Leben lebenswert gemacht, wofür ich dankbar bin und bleiben werde.

VORWORT UND VORSTELLUNG

Ich muss nicht nur an dieser Stelle etwa über mich erzählen, aber ich verspreche Ihnen, mich zu bemühen, es nur dort zu tun, wo es zum Verständnis des Textes erforderlich ist. Also: Gestatten Sie, dass ich mich vorstelle? So wie ich erzogen wurde, erscheint mir ein anderer Beginn eines Gespräches unmöglich. Kann natürlich sein, dass Ihnen an dieser Stelle das berühmte Zitat von Karl Kraus einfällt: „Eine gute Erziehung genießt man nicht". Ich bin Österreicher, mittlerweile einiges über 70 Jahre alt und war lange Zeit Journalist beim ORF, Radio und Fernsehen. Ich wurde in Linz geboren und komme aus einem betont bürgerlich-nationalen Elternhaus, vergleichsweise wohlhabend. Zum ORF kam ich auf eine Weise, die Sie sich heute nicht mehr vorstellen können. Nach Matura, einigen Semestern aller möglichen Studienrichtungen, ohne Abschluss, Hochzeit und Geburt meines einzigen Kindes hörte ich das Gerücht, dass beim Aktuellen Dienst des Radios Leute gesucht wurden. Also bewarb ich mich mit einem etwa zweizeiligen Schreiben. „Wenn Sie an mir interessiert sind, lassen Sie es mich wissen, wenn nicht, brauche ich uns beide nicht mit biografischen Daten zu belästigen." Am darauffolgenden Montag musste ich mich beim damaligen Chefredakteur des Aktuellen Dienstes vorstellen, DR. Hellmut Bock. Wieder eine Woche später war ich beim ORF angestellt, nicht angestellt im normalen Sinn, ich wurde ständiger freier Mitarbeiter, tageweise bezahlt, etwas mehr als umgerechnet 10 € brutto am Tag, nicht als Redakteur oder Reporter, sondern als Aspirant, was man ganz gut als Lehrling oder Anwärter übersetzen kann. Es galt als auch gesetzlich anerkannte Ausbildungszeit, also kann ich mich mit Recht einen ausgebildeten Journalisten nennen. Denn am Ende dieser dreijährigen Ausbildung stand eine gar nicht so einfache Prüfung, in Geschichte, Politik, Grammatik. Einen Chefredakteur wie Dr. Bock würde ich jedem Berufsanfänger wünschen, aber ich habe den Eindruck, solche Menschen gibt es heute nicht mehr. Ein strenger, aber gütiger Vater und ein hingebungsvoller Profi. Dr. Bock zählt zu den nicht so zahlreichen ORF-Menschen, an die ich mich gerne erinnere. Die Prüfung musste ich bei Chefredakteur Dr. Hellmut Bock, seinem Stellvertreter Roland Machatschke und dem für Radio und Fernsehen gleicherweise tätigen Journalisten Alfons Dalma ablegen. Sie können sich möglicherweise an Alfons Dalma erinnern, aber ich glaube kaum, dass Sie wissen, was er Bleibendes für die Literatur geleistet hat: Er hat Don Camillo und Peppone von Giovanni Guareschi ins Deutsche übersetzt.

Ich begann in der Nachrichtenredaktion, was meinem Stil sehr gut bekam, knapp und klar zu schreiben, kann man nirgendwo besser lernen. Kurze Zeit später wurde ich auf eigenen Wunsch in das Ressort Inland versetzt, auch der Leiter dieses Ressorts gehört zu den positiven Erinnerungen, Johannes Fischer. Später kam ich mit einigen Umwegen, über die noch erzählen werde, zum Fernsehen. 1992 beschlossen meine Frau und ich, unser Leben zu verändern. Wir gaben beide unsere relativ gut bezahlten und sicheren Berufe auf, Jobs würde hier nicht passen. Meine Frau war Mittelschulprofessorin in Deutsch und Geschichte, ich mittlerweile fix angestellter ORF Journalist, die Anstellung galt in der Ausbildungszeit allerdings immer nur auf ein Jahr befristet, ihre Verlängerung hing vom Fleiß und der Begabung des Aspiranten ab. Wir machten uns als TV-Produzenten selbstständig. Das klingt natürlich großartiger als es war. Wir kauften eine professionelle Kamera und einen riesigen Rekorder, Camcorder gab es damals nur für Amateure, eine rasend teure und unglaublich schwere Ausrüstung; der Frächter, der sie mir nach Wien brachte, berechnete mir Frachtgebühren für 67 Kilogramm. Dann begannen wir zu produzieren, das heißt, ich filmte, machte die meisten Interviews, meine Frau machte den Ton, Recherchen und die kaufmännische Arbeit. Rückwirkend betrachtet, wahrscheinlich die schönste Zeit unseres Lebens.

1) weil wir unseren Wohnsitz aus finanziellen und klimatischen Gründen nach Südgriechenland verlegten (Details dazu später).
2) weil wir mehr in der Welt herum kamen als bisher.

Und das war der Sinn unserer Selbstständigkeit. Wir drehten bei der ersten von der UNO anerkannten Wahl in Namibia, bei der Eröffnung eines von der VOEST errichteten Spitals in China, in der Türkei und natürlich in Griechenland. Harte Arbeit, karger Lohn, denn es gelang uns nicht, einen anderen Abnehmer für unsere Arbeit zu finden als den ORF, und der drückte die Preise immer stärker und verlegte sich mehr und mehr auf billige Ankäufe aus dem Ausland. Und dann beendete ein schwerer Unfall diese Phase. Ich bin bei stromausfallbedingter Dunkelheit in meinem Haus in Griechenland mit dem

Kopf voran aus dem ersten Stock in das Erdgeschoß gefallen und habe nur mit Hilfe der Flugrettung und der Kunst der Ärzte in Wien knapp überlebt. Die Diagnose lautete: schweres Hirn-Schädel-Trauma, wie ich natürlich erst viel später erfuhr. Ich war wochenlang, auch medikamentös bedingt, bewusstlos und es war unsicher, ob ich überleben und mich je wieder bewegen oder sprechen können würde. Natürlich können Sie jetzt etwas hämisch bemerken, ich sei auf den Kopf gefallen. Stimmt, aber ich stelle bei häufigen Überprüfungen fest, dass auf jeden Fall mein Langzeitgedächtnis noch zufriedenstellend arbeitet. Vielleicht aus Mitleid, vielleicht in Ansehung meiner Verdienste für den ORF erhielt ich dort wieder einen allerdings lächerlichen Posten. Ich musste für die Sendereihe Universum gekaufte ausländische Dokumentationen auf ORF-übliche Längen kürzen und, im allgemeinen aus dem Englischen, ins Deutsche übersetzen. Ich bemühte mich aus verständlichen Gründen, in die Pension zu entkommen, was mir nach ziemlich mühsamen Anstrengungen und teuren Gutachten auch gelang. Bei einem Abendessen in Griechenland habe ich Freunde, die bei uns zu Besuch waren, fast den gesamten Abend mit Geschichten aus meiner Berufszeit offenbar so gut unterhalten, dass sie meinten, um diese Geschichten sei es schade, die müssten aufgeschrieben werden und deswegen halten Sie jetzt dieses Buch in der Hand.

DER SONNENKÖNIG

Aber dieses Buch soll ja nicht von mir handeln, sondern von den Leuten, die ich in meinem Beruf kennenlernen durfte oder musste. Da ich in der Mitte der 1970er-Jahre Journalist wurde, liegt es nahe mit Bundeskanzler Dr. Bruno Kreisky zu beginnen. Er war der einzige Politiker, den ich kenne, bei dem man immer wieder das Gefühl hatte, dass Österreich ein wenig größer war, als es auf der Landkarte aussah. Er wirkt unübersehbar bis heute nach, bei der SPÖ so, dass alle Parteichefs und/oder Bundeskanzler instinktiv an ihm gemessen werden, das ist ein grausames Schicksal für einen Politiker und nun gar für eine Politikerin. Um keinen Beifall von der falschen Seite zu bekommen, möchte ich gerne meine persönliche Meinung zur ehemaligen SPÖ-Vorsitzenden Dr. Pamela Rendi-Wagner deponieren: Frau Dr. Rendi-Wagner war meiner Meinung nach die kompetenteste Parteichefin, die die SPÖ je hatte, die sympathischste und attraktivste sowieso. Über dem ganzen Land liegt vor allem deswegen der Schatten des großen alten Mannes, weil Österreich wie gesagt ein bisschen größer wirkte, großzügiger, auch beim Umgang mit Steuergeld. Kreiskys berühmtes Zitat, dass ihm einige Milliarden mehr Schulden weniger schlaflose Nächte bereiteten als ein paar tausend Arbeitslose mehr, wirkt auch heute noch nach. Und so sehr ich mich darüber freue, dass Österreich das einzige Land der Welt ist, in dem die Nutzung der Atomenergie gesetzlich verboten ist, scheint mir doch die Reihenfolge der Geschehnisse, erst das Kraftwerk zu bauen und danach das Volk zu fragen ob es denn das Kraftwerk überhaupt wolle, nicht unbedingt logisch auch nicht ökologisch oder gar ökonomisch. Einmal ganz abgesehen, von den vielen Millionen, die man für die Konservierung des fast fertigen Werkes in Zwentendorf für viele Jahre zusätzlich aufbringen musste, weil die Politik hoffte, das Ergebnis der Volksabstimmung noch einmal umdrehen zu können, bis Tschernobyl die Zerrerei beendete. Zur Erinnerung: Tschernobyl war das erste Atomkraftwewrk der WelU, in dem ein ganz Europa beeinträchtigender Störfall registriert wurde. Und in Kreiskys Zeit fallen auch die größeren bekannten Skandale, AKH und Bauring und natürlich Lucona. Einige Sätze zur Erinnerung oder zur Information jüngerer Leser: Das AKH, das allgemeine Krankenhaus in Wien, war eigentlich ein Skandal der Unfähigkeit und Fehlplanungen, Gegenstand des Gerichtsverfahrens waren allerdings die kriminellen Schwarzgeldaktionen eines der leitenden Managers der Gemeinde Wien Ing. Winter. Die Manager entgingen nach Darstellung des Richters nur deswegen einer Verurteilung wegen fahrlässiger Krida, weil man nicht annehmen könnte, dass die Gemeinde Wien jemals pleite gehen könne.

Der Bauring war der Versuch, ebenfalls der Gemeinde Wien, arabische Bauherren über den Tisch zu ziehen und so die auch wegen des AKH überstrapazierten Gemeindekassen zu sanieren, allerdings waren die arabischen Vertragspartner den Wienern weit überlegen und baten nun ihrerseits die österreichischen Steuerzahler zu Kasse, weil sich die Wiener beamteten Manager auf hohe Abschlagszahlungen bei Nichterfüllung der Bauvorhaben eingelassen hatten. Aber der groteskeste Skandal war der Lucona-Skandal. Der wird länger, ist also ein eigenes Kapitel wert.

DER FALL LUCONA

Ein bulliger, geborener Deutscher, ein gelernter Schweinehirt nach eigenen Angaben, namens Udo Proksch oder Serge Kirchhofer konnte auf nicht ganz geklärte Weise die bekannte traditionelle Wiener Kaffeekonditorei Demel übernehmen und dort im Obergescho, im dritten Stock, den Club 45 etablieren. Besser gesagt, die kuk Hofzuckerbäckerei Demel. Dort bot er seinen Gästen alles, was Männerherzen erfreute, luxuriöse Umgebung schöne Frauen und hie und da ein bisschen Kriegsspielerei. Seine Gäste waren fast ausschließlich ranghohe SPÖ-Politiker, fast ausschließlich Emporkömmlinge, die jetzt glaubten, ihre politische Karriere müsste sie geradewegs in die Welt der Reichen und Prominenten führen. Udo Proksch brauchte mehr Geld, auch für die Angebote des Club 45 und beschloss, es sich beim politischen Gegner zu holen, bei der als schwarz geltenden Bundesländerversicherung, in der richtigen Überlegung, dass das seine roten Freunde gerade zwanghaft dazu veranlassen musste, ihm beizustehen. Seine Methode war nicht ganz so raffiniert, wie er offenbar glaubte, ein eher simpler Versicherungsbetrug. Er deklarierte einen Haufen wertlosen Schrott als sogenannte Uranerzaufbereitungsanlage, versicherte sie sehr hoch, fast 50 Millionen Euro heutiger Währung und sorgte dafür, dass das Schiff, die Lucona, das die Anlage transportierte, nach einer Sprengung im Indischen Ozean sank, wobei sechs Matrosen ertranken. Ich muss an dieser Stelle betonen, an keinem der erwähnten Skandale war Bruno Kreisky schuld, er war auch nicht Mitglied im Club 45, obwohl er ihn bereitwillig eröffnete, aber in dem größer und offener gewordenen Österreich, war auch die strenge Moral ein wenig aufgeweicht. Als Beispiel für diesen etwa lockereren Umgang mit öffentlichem Geld sei hier die Schulbuchaktion genannt. Jeder Schüler, jede Schülerin erhielt gratis, also aus Steuergeld bezahlte Schulbücher, auch die, deren Eltern es nicht brauchten, wie etwa ich, ich hätte mir das leisten können und wäre auch durchaus bereit gewesen in die Bildung meines Sohnes zu investieren. Aber er, mein Sohn, erhielt, ohne Ansuchen, ohne Not, alles was er für die Schule brauchte, vom ersten Bleistift an. Mich hat diese Politik der SPÖ immer abgestoßen, Gleichheit um jeden Preis zu erzwingen. Denn meiner Meinung nach hätte man mit dem bei den besser situierten Schülern ersparten Geld sinnvolle soziale Hilfen finanzieren können. Ganz abgesehen davon, dass grundsätzlich niemand Gratisprodukte hoch schätzt und die Schulbücher auf diese Art zu minderwertigen Wegwerfprodukten degradiert wurden, zu einem Produkt der Wegwerfgesellschaft, einem allerdings erst später üblich gewordenen Wort. Auf die Idee, die Bücher nach dem Schuljahr einzusammeln und in einer Schulbibliothek für die nachrückenden Schüler und -Innen aufzuheben, kamen nur einige wenige engagierte Lehrer (natürlich auch –Innen) damals: Sie fielen unangenehm auf, wie das engagierten Lehrern meistens passiert. Doch die Österreicher bejubelten damals noch den Kanzler, sie nannten ihn „Sonnenkönig". Nach der Volksabstimmung zu Zwentendorf erhielt Kreisky bei der Wahl 1979 die größte Mehrheit, die es je in Österreich gab, aber damit hatte er auch seinen Zenit erreicht und man spürte offenbar, dass der Alte nicht mehr so richtig wollte. Ihm passierten peinliche, kleinere Fehler. So zum Beispiel bei einer Reform des Scheidungsrechtes. In wochenlangen Verhandlungen hatten sich die Vertreter der Parteien darauf geeinigt, alle Witwen finanziell einander gleichzustellen, wenn ein Mann mehrmals hintereinander verheiratet war. Kreisky, an solchen Details desinteressiert und soweit wir wissen, Zeit seines Lebens monogam und seiner Frau Vera treu ergeben, brummelte auf die Frage eines Reporters: „Na, das glaube ich schon, dass die erste Ehefrau die wichtigste ist." Wochenlange Verhandlungen waren sinnlos, die Beratungen mussten neu aufgenommen werden.

Natürlich muss auch auf die Außenpolitik Kreiskys eingegangen werden. Er hat Wien ständig als Treffpunkt für internationale Begegnungen angeboten, was zum Bau der UNO-City in Wien führte, er hat als Nichtbeteiligter mehr Bewegung in die Nahostpolitik gebracht als alle direkt Beteiligten, wohl auch, weil seinem politischen Denken und Wollen Österreich zu klein war. Nur ein Satz zur UNO-City, das Projekt war mit den Stimmen der beiden Großparteien beschlossen worden, doch die ÖVP sah eine Chance, mit dem nicht wirklich populären Bau jenseits der Donau, die Beliebtheit Kreiskys zu attackieren und sie initiierte ein Volksbegehren dagegen. Obwohl es mit fast 1,4 Millionen Stimmen, das größte Volksbegehren der Republik werden sollte, wurde die UNO-City gebaut. Der durchschnittliche Wähler und natürlich auch die Wählerin waren an Außenpolitik nicht sonderlich interessiert, sie wollten lieber unter sich bleiben. Kreisky dachte da eben anders.

Ich selbst habe ihn zum Scheich von Abu Dabi, damals König Fahd (gespr. Fachd) sagen hören: „The problem is, we both are acting in too small countries." An dieser Stelle eine persönliche, berührende Erinnerung. Den Heimflug nach Wien legten wir in der Privatmaschine des Scheichs zurück – es war ein ganz normales Großraumflugzeug mit dem Unterschied, dass nur die hintersten Sitzreihen noch vorhanden waren, als Sitze für Chauffeure und Leibwächter, die vorderen, gut zwei Drittel der Maschine waren mit Teppichen und Pölstern ausgelegt, wie in einem Zelt eines wohlhabenden Beduinen in tausendundeiner Nacht. Als einziges Möbelstück stand eine Maschine drinnen, die Vanilleeis spendete. Kreisky war schon nicht mehr der Jüngste und hatte keine Lust auf Teppich oder Vanilleeis. Er nahm auf einem der verbliebenen Sessel Platz und legte sein Sakko ab, weil wir ja nicht mehr unter Fremden waren und auf unser Aussehen Wert legen mussten. Dieses Bild werde ich nie vergessen, wie der sichtlich etwas ermüdete alte Mann da saß, angetan mit einer knallroten Strickweste, die ihm offenbar seine Frau eingepackt hatte, denn sie war recht über links geknöpft.

Es ließ sich wohl nicht voraussehen und damit nicht zu vermeiden, dass Kreiskys Engagement im Nahen Osten auch den Terror in die so fern und beschaulich da liegende Alpenrepublik brachte. Ein Palästinenserkommando entführte im Jahr 1983 einige Österreicher und erzwang mit der Drohung, diese Geiseln zu erschießen, die Schließung eines für jüdische Flüchtlinge aus der Sowjetunion eingerichteten Lagers in Schönau an der Triesting. Der Humanist Kreisky beugte sich dem Druck der Palästinenser und ließ das Lager schließen. Sehr zum Ärger der damaligen Ministerpräsidentin Israels, Golda Meir, denn das Lager war eine Zwischenstation für die Juden, auf ihrer

Reise von der Sowjetunion nach Israel. Sie kam empört nach Wien, um Kreisky Vorwürfe zu machen, dass er als Jude versagt habe. Kreisky war allerdings nur nach den NS-Rassegesetzen Jude, die nicht nur biologisch Unsinn sind. Jude ist nach geltendem Recht und nach jeder Logik ein Mensch, der sich zum mosaischen Glauben bekennt, und er kann aus dieser Religionsgemeinschaft austreten, wie aus jeder anderen auch. Die jüdische Rasse ist eine Erfindung der Nazis, um auch konvertierte, ehemalige Juden zu erfassen. Kreisky war nach eigener Aussage Agnostiker. Seine jüdische Herkunft hat er nie geleugnet, außer einmal als er auf einen rechten Rülpser, an den ich mich nicht erinnere, in dem von den Germanen die Rede war, mit der nach neuerer Historischer Lehre mit dem richtigen Satz reagierte: Das ist doch Unsinn. Wir sind noch alle Kelten. Ach ja, zunächst wurde ein Aushilfslager für die auswanderungswilligen Juden in der Sowjetunion gefunden, später das Lager Schönau wiedereröffnet, ohne dass das irgendjemanden groß interessiert hätte. Dass Kreisky Frau Meir so unfreundlich behandelt habe, dass man ihr nach eigenen Angaben im Bundeskanzleramt nicht einmal ein Glas Wasser angeboten hätte, ist allerdings ein kontafaktische Böswilligkeit einer verärgerten Frau. Da in vielen Köpfen der Österreicher aber noch die Erinnerung an die Nazizeit festsaß, galt Kreisky in Österreich als Jude, und wie gesagt, sah das offenbar auch Frau Meir so oder so ähnlich. Sie haben vielleicht mit einem gewissen Befremden registriert, dass an dieser Stelle nicht von Rassismus oder Antisemitismus die Rede war. Beides wäre falsch, die Semiten sind eine im Vorderen Orient angesiedelte Sprachfamilie, zu der u. a. auch die Araber gehören und die Juden sind entgegen der Behauptungen der Nazis eben keine Rasse, sondern eine Religionsgemeinschaft.

Bei dem zweiten Gewaltakt palästinensischer Terroristen in Österreich gab es ein Todesopfer, den außerhalb Wiens so gut wie unbekannten Verkehrsstadtrat Heinz Nittel. Und auch der Grund für den Mord, war den weitaus meisten Österreichern nicht bekannt: Heinz Nittel war Präsident der nicht gerade populären österreichisch israelischen Vereinigung. Den Verantwortlichen stiegen allerdings nachher die Grausbirnen auf, als sie feststellten, dass die Terroristen mit minimal größerem Aufwand auch Bruno Kreisky hätten töten können.

Die ÖVP hatte im Nationalratswahlkampf 1970 unterschwellig mit diesem falschen Vorurteil Politik gemacht, als sie den Vorsitzenden der ersten Alleinregierung, Bundeskanzler Dr. Josef Klaus auf ihren Wahlplakaten als „echten Österreicher" hervorhob. 1966 hatte Dr. Josef Klaus die absolute Mehrheit an Mandaten nicht deswegen erreicht, sondern weil auf sozialistischer Seite zwei Parteien um dieselben Wähler warben. Der wegen missbräuchlicher Verwendung von Gewerkschaftsgeldern aus der Partei und seinen hohen Ämtern gejagte Innenminister und Gewerkschaftsbundpräsident Franz Olah trat mit einer von ihm gegründeten Partei zur Wahl an, die wohl nicht zufällig ein F im Namen hatte, mit der Demokratisch-Fortschrittlichen Partei, also DFP. Natürlich war das lange vor Haider, aber es gab ein bemerkbar wachsendes Wählerpotential.

Franz Olah war aufgrund seiner Funktionen, aber auch aufgrund seines Charismas und seiner historischen Verdienste bei der Niederschlagung eines später leicht übertreibend „kommunistischer Putschversuch" genannten Generalstreiks, überaus populär. Olah wurde zum Rücktritt gezwungen und aus der Partei ausgeschlossen, weil er mit Gewerkschaftsgeldern versuchte, die Kronenzeitung zu kaufen, zur Spaltung des „Bürgerblocks" die neugegründete FPÖ unterstützte und der linksgerichteten Zeitung Express unter die Arme griff. Die Presse, so nannte man früher das, was jetzt Print-Medien heißt, war damals in Österreich fast geschlossen bürgerlich. Das Parteiblatt „Arbeiterzeitung" erschien unter Ausschluss der Öffentlichkeit, der Express kämpfte ums Überleben; so gesehen war Olahs Bemühen um eine lautere Stimme in der Öffentlichkeit nicht unlogisch. Seine Parteigenossen glaubten ihm aber nicht, dass er das nur für die Partei getan hätte, sondern unterstellten ihm persönliche Machtinteressen. Nur zur Vollständigkeit: Die Kronenzeitung erhielt mit dieser Zahlung einen zweiten Herausgeber, Kurt Falk und hat den Kredit mittlerweile leicht zurückzahlen können. Auch der Express zahlte das Geld zurück, verzinst. Der spätere Versuch der Gewerkschaft, die Kronenzeitung als ihr Eigentum zu vereinnahmen war nur noch peinlich und eher schädlich für das Ansehen der Sozis. Olah wurde übrigens im Jahr 1990 als Zeichen der Aussöhnung und der Rehabilitation das Goldene Ehrenzeichen der Stadt Wien verliehen. Ein weiterer Grund für die Niederlage der SPÖ 1966 war vermutlich auch, dass die Roten die Wahlempfehlung der KPÖ nicht energisch ablehnten. Zu einem Mandat für die Olah-Partei reichte es 1966 nicht, aber zu einer Schwächung der SPÖ kamen genug Stimmen zusammen. Die ÖVP erhielt die absolute Mehrheit der Mandate, nützte die Chance, den schon lange ungeliebten Partner loszuwerden und bildete unter Dr. Josef Klaus die erste Alleinregierung der zweiten Republik. In diese Zeit fällt ein ÖVP-Korruptionsskandal. Der NEWAG-Chef Walter Müllner zweigte Gelder des Stromkonzerns ab, auch er nicht für sich, sondern für seine Partei. Es fällt bei den Fällen dieser kleineren Korruption auf, dass keiner der Korruptionisten etwas für sich selber tat, sondern ausschließlich für seine Partei. Ob ich mch darüber freuen soll oder nicht, weiß ich noch nicht. Klaus und sein Finanzminister Stephan Koren, damals noch nicht Kassandra vom Dienst, standen für etliche Steuererhöhungen, generell für eine Verteuerung des Lebens in Vorbereitung der damals prinzipiell geplanten Mehrwertsteuereinführung und die ÖVP verlor prompt die reguläre Wahl 1970. Kreisky gewann 1970 die relative Mehrheit und konnte das erste Regierungsjahr nur mit der Hilfe des Ex Waffen-SS-Mannes FPÖ-Chef Friedrich Peter überstehen. Dass unter Kreisky mehr Ex-Nazis Regierungsmitglieder waren als je vorher und nachher (Rösch, Innen- und Verteidigungsminister, Bautenminister Moser, Landwirtschaftsminister Öllinger, Verkehrsminister Frühbauer) hat allerdings nichts mit diesem Thema zu tun, sondern damit, dass Kreisky alle Nichtdemokraten zu Demokraten machen wollte und überhaupt alle in seine Politik einbeziehen wollte. Er machte auch den ehemaligen Kommunisten Christian Broda zum Justizminister, was der allerdings schon vorher, in einer ÖVP-geführten großen Koalition gewesen war. An dieser Stelle ein Wort zu der österreichischen Besonderheit der großen Koalition und der Nebenregierung der Sozialpartnerschaft: es ist zweifellos wahr, dass sie den sozialen Frieden in Österreich gesichert hat, aber demokratiepolitisch war sie trotzdem eine Katastrophe, sie hat lange verhindert, dass Österreich eine Demokratie wurde. Und der Proporz hatte manchmal schon groteske Auswüchse. Es gab einen schwarzen Autofahrerclub, den ÖAMTC und daher auch den roten ARBÖ, schwarze Sportvereine in der Union und rote in den Arbeitersportklubs oder Vereinen ASKÖ oder ASVÖ. Jungen Menschen waren bei den Pfadfindern oder den roten Falken, Wanderer bei den roten Naturfreunden oder beim eher bürgerlichen Alpenverein, nur ein schwarzes Pendant zum roten Einäscherungsverein „Die Flamme" ist mir nicht erinnerlich. Möglicherweise, weil damals noch die Feuerbestattung von der katholischen Kirche zwar nicht verboten aber nicht gern gesehen wurde. Von 1945 bis 1966 und von 1986 bis 2016, also fast die Hälfte der Zeit, in der es eine Republik Österreich gab (51 von 105 Jahren), war es ziemlich gleichgültig, wen die Österreicher-Innen wählten, nach der Wahl gab es die gleiche Regierung wie vorher, die große Koalition, nur die Mütze des Steuermannes wechselte manchmal den Besitzer und damit die Farbe, eine nennenswerte Opposition gab es nicht.

Denn die FPÖ, die Nachfolgerin des VDU des „Verbands der Unabhängigen", der deklarierten Partei der Ehemaligen (Nazis), die erstmals wieder Wahlrecht hatten, wenn sie als leichtbelastet galten, blieb stets zu klein um eine wichtige politische Rolle zu spielen und sie konnte sich erst sehr spät von dem Odium befreien, den Nazis etwas zu nahe zu stehen. Die ehemaligen Nazis in der SPÖ hingegen wurden alle salonfähig.

Denn zusätzlich zu den genannten vier Ministern sind da auch noch der ehemalige SA und NSDAP Mann Theodor Kery zu erwähnen, der langjährige Landeshauptmann des

Burgenlandes und der frühere Landeshauptmann Kärntens Leopold Wagner, dem nicht vorzuwerfen ist, dass er ein hochrangiges Mitglied der Hitlerjugend war, sondern nur dass er darauf auch in schon lange nicht mehr jugendlichem Alter noch stolz war. Kreisky zeigte niemals Berührungsängste zu den ehemaligen Nazis, wenn sie ihm politisch nützlich waren. So verteidigte er den ehemaligen Waffen-SS-Mann FPÖ-Chef Friedrich Peter gegen die teils heftigen Angriffe des weit über Wien und Österreich hinaus bekannten Nazijägers Simon Wiesenthal, hauptsächlich deswegen, weil Wiesenthal ÖVP-nahe war und sich Kreisky wegen Peters politischer Unterstützung 70/71 persönlich angegriffen fühlte. Ich weiß nicht, ob es tatsächlich auch die Bedeutung hatte, die viele damals vermuteten, dass es eine gewisse Sympathie zwischen Sozis und Nazis gab, weil sie gemeinsam im Ständestaat im Gefängnis gesessen hatten.

Rein persönlich sind zwei Erinnerungen an Kreisky im Ausland, die erste war ein Besuch bei einem arabischen Textilhändler in Windhoek der Hauptstadt Namibias. Die zweite in Jerusalem. Wir betraten einen Laden in einer bekannteren Straße in Jerusalem, kurz nach der Allenby Bridge und ich dachte mir beim Anblick des Geschäftseigentümers, wenn ich den mit Schalom begrüße wird er böse, und sagte daher As Salaam aleikum. Der Verkäufer oder doch wohl eher Chef reagierte formvollendet mit Wa aleikum Salaam und hängte eine kurze Bemerkung an, die wie eine Frage klang, ich bildete mir ein K, ein F und ein helak gehört zu haben und schloss, daraus, dass er sich höflich nach meinem Befinden erkundigt hatte. Ungefähr keifa helak? Und antwortete mit Mabsut Al Hamullilah, übersetzt: Mir geht es gut, wenn es Gott gefällt. Und jetzt kommt der Grund, warum ich glaube, dass wir es mit dem Besitzer des Geschäftes zu tun hatten, denn er schloss den Laden und ließ Tee bringen. Wie blieben bis in die frühen Abendstunden bei dem Mann obwohl meine Arabischkenntnisse erschöpft waren und sich sein Vokabular im Ausländischen auf „Kreisky Gut Mann" beschränkt war. Der Nachmittag wurde sehr lange. Denn auch bei seinem anfangs bejubelten Beitrag stellte sich bei der dritten unveränderten Wiederholung eine gewisse Ermüdung ein. Die Geschichte ging in Namibia ganz ähnlich, allerdings mit weniger arabisch. Ich habe Kreisky auftragsgemäß von beiden Männern Grüße ausgerichtet und ich glaube ehrlich, dass ihn das freute, wenn jemand das Ziel seiner Außenpolitik erkannte und anerkannte. Es ging Kreisky und seinem persönlichen Freund Willy Brandt darum, die teilweise noch feudal orientierten Araber demokratisch an Israel anzunähern.

Sie werden vielleicht in diesem Kreisky gewidmeten Teil des Textes eine gewisse Zuneigung zu Kreisky spüren, ich leugne sie nicht, ich behaupte alle Journalisten meiner Generation liebten den alten Mann, wenn er mit seinen reichlich großväterlich anmutenden Winterschuhen nervös unter dem Tisch herum trat, wenn er sich bei einer Pressekonferenz über eine Frage ärgerte. Ich beeile mich hinzuzufügen: ja ich mochte ihn, gewählt habe ich ihn nie. Ich habe immer nach der alten Journalistenregel gelebt: „Ich mag die gegenwärtige Regierung nicht, ich habe die vorige nicht gewollt und ich werde die nächste nicht mögen." Und: Ich hätte Kreisky wählen können, aber nicht seine Partei, der Parteichef blieb immer ein Fremdkörper in seiner Partei, er der liberale Großbürger gegen die Gemeindebaufunktionäre á la Josef Hesoun oder

Karl Sekanina. Ich bin zwar nicht stolz darauf, aber ich finde es heute noch richtig, dass ich nie eine Regierungspartei gewählt habe. Auch ohne meine Stimme regierte Kreisky von 1971 bis 1983 mit absoluter Mehrheit. Alle zuvor erwähnten Skandale und ein paar mehr konnten das Vertrauen in Papa Kreisky nicht erschüttern. Die ÖVP verschliss einen Parteiobmann nach dem anderen, sie blieb immer deutlich zweite, (Schleinzer, Taus, Busek, Mock, Riegler, Josef Pröll, Spindelegger, Molterer bis Mitterlehner. Ich hoffe ich habe keinen vergessen). Aber die Skandale waren so zahlreich, dass in ausländischen Zeitungen bei der österreichischen Bevölkerung schon Skandalmüdigkeit diagnostiziert wurde. Dazu kam der von der Bevölkerung nicht verstandene und (daher) wenig geschätzte Dauerkonflikt mit dem schillerndsten Aufsteiger Finanzminister Dr. Hannes Androsch.

Es gelang trotzdem keinem Chef der Volkspartei die Mehrheit des Sonnenkönigs zu erschüttern. Allerdings war 1983 die absolute weg. Die wesentlichen Gründe dafür waren Kreiskys erkennbares Nicht-mehr-Wollen, der Androsch-Konflikt, die Skandale. Mit einer wegen des Wahlergebnisses notwendigen kleinen Koalition wollte sich der an absolute Macht gewöhnte Sonnenkönig nicht abplagen. Und so kam es zur ersten heute meist vergessenen Regierungsbeteiligung der FPÖ, die Regierung bildeten zwei der meistunterschätzten Politiker Österreichs, ein ziemlich tödliches Merkmal für einen Politiker. Dr. Fred Sinowatz (Bundeskanzler) und Dr. Norbert Steger (Vizekanzler und Handelsminister). Denn Kreisky, noch Bundesparteichef, hatte noch genug Einfluss, um die eigentlich geplante Koalition Androsch-Steger zu verhindern. Zwei durchaus gebildete, durchaus auch liberale Politiker, beide Fremdkörper in ihren eigenen Parteien und von ihren spin-Doktoren, die man damals allerdings noch nicht so nannte, miserabel gemanagt.

So wollte der nicht gerade schlanke Sinowatz seine Sportlichkeit beweisen, weil er noch als Unterrichtsminister ja auch für den Sport zuständig war. Es traf sich für ihn scheinbar günstig, dass in Österreich der Wintersport größere Bedeutung hat als der Sommersport. Einen TV-Auftritt in Badehose hätte Sinowatz vermutlich abgelehnt. Aber er ließ sich überreden, auf schmalen Langlaufskiern durch die Winterlandschaft zu gleiten, aber er glitt nicht, er stolperte wie ein Hahn auf dem Mist. Erst als die Fernsehkameras abgeschaltet waren, stellte sich heraus, dass von den neuen Skiern die Schutzfolien auf den Gleitflächen nicht abgezogen worden waren, sodass damit der geübteste Athlet nicht hätte gleiten können. Noch schlechter erging es dem fülligen Politiker in dem Bob, in den er erstaunlicherweise hinein passte und damit die Berg-Iselbahn (mit) hinunter fuhr. Er erreichte das Ziel mit Mühe und Not und kotzte in den Zielraumschnee von der ungewohnten Bewegung und Geschwindigkeit arg durcheinandergebracht.

Steger erwischte es in seinem von ihm bewusst gewählten Metier als Handelsminister, in dem er Sympathien in der Gruppe der Gewerbetreibenden sammeln wollte. So kam er nicht gut vorbereitet, zu einem Empfang der Firma Henkel, die er allerdings wegen schlechter Vorbereitung mit Henkell verwechselte und die Waschmittelerzeuger waren nicht so begeistert als Steger ihre schaumigen Produkte so lobte. Das Schäumen sei ja nicht das Wichtigste an ihrem Produkt, meinten sie. Und Steger fiel im Ausland unangenehm auf, als er zu einem Abendempfang in Trauerkleidung kam, weil keiner seiner Leute im Handelsministerium ihm gesagt hatte, das ein „black tie" auf der Einladung Smoking bedeute, damit keiner overdressed im Frack kommt, oder womöglich in dem für den Vormittag reservierten Cutaway. (Wenn einer der Emporkömmlinge etwa zum Frack eine schwarze Halsbinde trägt, weist er sich als Oberkellner aus.) Die Spitzenbeamten im Handelsministerium waren traditionell schwarz und betrachteten den blauen Minister als Eindringling, nach dem recht bekannten Motto der Verwaltung: „Minister kommen und gehen, die Sektionschefs aber bleiben." Und nicht so peinlich aber typisch für Steger, war ein persönliches Erlebnis mit ihm, bei seinem ersten Auslandsbesuch in Moskau. Die ihn begleitende Journalistendelegation war unüblich klein, was wahrscheinlich an ihm und am Reiseziel lag. Und so bin ich mit ihm nach dem Empfang im Kreml im sowjetischen Regierungssaika zurück zum Hotel gefahren (ein Auto, das für die Regierenden reserviert ist und unpassenderweise russischer Mercedes genannt wurde, von Russen natürlich nur). Ich besuchte auch den damaligen ORF Korrespondenten in Moskau Dr. Orro Hörmann, auch er eine überaus positive Erinnerung. Er fuhr privat einen Mercedes und antwortete auf meine verwunderte Frage nach dem Grund, dass er für das deutsche Auto im Gegensatz zu einem russischen in Moskau jederzeit Ersatzteile bekomme und dass er mit dem Mercedes die für Bonzen reservierte dritte Fahrspur benutzen durfte, weil wer Mercedes fahre, automatisch als Bonze gelte, in dem Land des realen Sozialismus nach Eigendefinition. Steger, noch nicht von zahlreichen Auslandsdienstreisen abgestumpft, machte seinem Herzen Luft: „Hearst, der

Tichonow schaut aus ... Wiara auszuzzelter Eddie Constantin." Ich machte verzweifelt rudernde Bewegungen mit beiden Armen, die Steger zwar nicht verstand, aber doch zu reden aufhörte. Auf die anschließende Frage im Hotel, was ich denn gewollt hätte, fragte ich ihn, ob er denn nicht glaube, in einem Regierungsauto abgehört zu werden. Steger antwortet für ihn typisch: „Nein darüber habe ich nicht nachgedacht, aber die Vorstellung, wie jetzt die russischen Dolmetscher die Bücher wälzen um auszuzzelter Eddi Constantin zu übersetzen. Dann gfoits ma jo schon wieder." Steger verdanke ich auch ein Erlebnis, das mir den Unterschied von Radio und Fernsehen unangenehm deutlich machte. Als die SPÖ-FPÖ-Koalition unter Vranitzky platzte (Haiders wegen) war zu hören, dass der ehemalige Vizekanzler Steger jetzt Chef der Österreichischen Fremdenverkehrswerbung werden sollte. Ich fragte ihn nach einer Ministerratssitzung: „Fürchten Sie nicht den Vorwurf eines Versorgungspostens für den abgetakelten Politiker?" Diese Frage ging nie auf Sendung, denn mein damaliger Vorgesetzter, der Chef der ZiB-Inlandsredaktion Hans Besenböck sagte bei der Abnahme des Berichtes, „Das hast Du nicht zu fragen. Vorwurf Versorgungsposten ja, aber nicht abgetakelter Politiker." Ich wies Besenböck darauf hin, dass Steger ja jederzeit das Interview abbrechen und/oder mich zurechtweisen hätte können, wenn er sich beleidigt gefühlt hätte. Aber Steger hat nur ziemlich gleichmütig darauf hingewiesen, dass er eben Handelsminister gewesen sei und ganz gut Englisch könne, die Sache sei also in Ordnung. Aber Besenböck beharrte auf seiner Meinung und sorgte dafür, dass ich eine schriftliche Weisung erhielt, die kritisierte Passage herauszuschneiden. Das technische Problem nahm er in Kauf, denn die Kamera war während meiner Frage auf Steger gerichtet und so kam es zu einem ausschließlich technisch bedingten Zucken des Bildes. (Die paar Sekunden, für den zweiten Teil der Frage wurden herausgeschnitten und das sah man natürlich.) Es liegt in der Natur der Sache, in der Natur des ORF, dass während der Regierung der Roten, die Mehrzahl meiner Vorgesetzten auf allen Ebenen Rote waren. Im Fernsehen in den höheren Posten waren sie ziemlich zahlreich, was auf einen unglaublichen Fehler der frühen Volkspartei zurückzuführen ist: Dem ehemaligen Bundeskanzler Dr. Julius Raab wird der Satz nachgesagt, mit dem er auf die Erfindung, besser Einführung des Fernsehens reagiert haben soll: „Was tua ma denn mit dem Manderlradio? Mir ghoitn uns des Radio, des Fernsehen soin se de Rodn nema. Aus dem wird eh nix." Das taten die Roten dann auch und stellten mit dem ehemaligen Lehrer Helmut Zilk einen der besten und profiliertesten Fernsehdirektoren, den es ja gab. Aber da die meisten Roten auf diesem Niveau nichts mit Kreisky oder Zilk gemeinsam hatten sondern eher mit den genannten Funktionären, waren sie von jesuitischer Parteitreue. Der unangenehmste Parteisoldat war der spätere Umweltschutzminister Franz Kreuzer, bei dem immer die Partei vor dem Journalismus kam, er hätte den unsäglichen Sager von Fred Sinowatz zugestimmt: „Ohne Partei sind wir nichts."

Kreuzer hatte als früherer, von Kreisky von diesem Posten entfernter Arbeiterzeitungschefredakteur einen ziemlich bissigen Ruf. Sein Intendantenkollege, Ernst Wolfram Marboe reagierte auf Warnungen vor dem Roten Kreuzer mit dem bemerkenswerten historischen Urteil: „Ach was, die Roten haben nur etwa hundert Jahre Erfahrung in Machtkampf und Intrigen, wir Katholiken hingegen zweitausend."

Marboe traf damals eine Entscheidung, die ich begrüßte. Er ließ nicht zu, dass in dem von ihm verantworteten Teilen des Programmes Formel-1-Rennen gezeigt wurden. Ob das eine richtige Entscheidung war, kann man diskutieren, nicht sehr glaube ich, aber es war eine mutige Entscheidung, die im ORF nicht so häufig waren. Es ging natürlich nicht um die Energieverschwendung, die war vergleichsweise gering, es ging um das falsche Symbol der rasenden Autos.

Zu den Ritualen dieser Jahre gehörte der Ministerrat, eine wöchentliche Regierungssitzung im Bundeskanzleramt, an deren Ende Kreisky vor die Presse trat, um seine ihm wichtigen Anliegen zu präsentieren. Er beantwortete aber auch Fragen zu anderen Themen und die meisten Journalisten nutzten die Gelegenheit, auch andere zwangsläufig anwesende Minister zu befragen. Ministerrat war immer dienstags, also konnte man davon ausgehen, dass man Kreisky dienstags in den Fernsehnachrichten sah. Die ÖVP führte daraufhin eine Parteivorstandssitzung am Mittwoch ein, damals noch im Palais Todesco in der Kärntnerstraße. Mittwoch war also ÖVP-Tag. Das Problem: Diese von den Großkopferten vorgegebenen Termine, Pressekonferenzen beschäftigten die Fernsehmacher so, dass für selbst recherchierte Geschichten weder die technische Kapazität, noch Personal, noch Sendezeit, noch Geld vorhanden war. Diese demokratiepolitisch meiner Ansicht nach bedenkliche Unsitte wurde dann von allen möglichen Institutionen nachgeahmt, sodass das Inlandsressort des Fernsehens zu einer Pressekonferenzabbildungsmaschine verkam. Das war billig, einfach und gefiel den Parteien. Fernsehnachrichten bestanden in diesen Jahren aus Herren in Anzügen hinter Tischen, oder stehend nach der Regierungssitzung, dem erwähnten Ministerrat= Inland und kleinen grünen Männchen, die aufeinander schossen, oder in großer Zahl vorfahrende schwarze Limousinen=Ausland, wenn nicht Naturkatastrophen oder Wetterphänomene die internationalen Bilder lieferten. Zum Schluss ein Feuer, wünschte sich Franz Kreuzer, nach der elektronischen Variante des Florianiprinzips „das sehen die Leute gern." Es gab aber noch etliche andere Rituale, die die Parteien nicht ausschließlich aber doch auch für das Fernsehen veranstalteten. Haider sprang von der Brücke (mit Gummiseil, bungee jumping), die Großparteien veranstalteten Klubklausursitzungen im Warmbaderhof in der Nähe von Villach. Ich blieb mehrmals die wenigen Tage zwischen den beiden Sitzungen in Kärnten, weil es nicht dafür stand, heimzufahren. Außerhalb der Sitzungszeit, beim und nach dem Abendessen, kam es natürlich zu engen Kontakten zwischen Abgeordneten und Journalisten. Das erzähle ich vor allem, um berichten zu können, dass bei diesen Anlässen die Schwarzen so viel lockerer und damit sympathischer waren als die Roten. Die Roten waren immer verbissener, verkrampfter, nie hätten sie etwas über den Inhalt der Beratungen erzählt, was nicht offiziell für die Presse bestimmt war. Die Schwarzen waren immer weniger diszipliniert, daher offener kurz: sympathischer. Ich erinnere mich gerne an eine Partie Tarock, an der Politiker und Journalisten teilnahmen. Einer von ihnen, der ORF-Journalist Hans Paul Strobl, reagierte recht heftig auf das Spiel des ÖVP-Handelsministers Robert Graf: „Sie betrügen ja beim Spiel!" Graf seelenruhig: „No na, hasardieren wer i." Und den späteren Bundeskanzler Dr. Wolfgang Schüssel im offenen Hemd Klavierspielen zu sehen und zu hören schuf eine Atmosphäre, die es bei den Roten nie gab.

Und noch eine immerwiederkehrende Veranstaltung gab es, die zu der später mit Recht kritisierten „Verhaberung zwischen Politikern und Journalisten" führte, den Politiker Heurigen. Mir ist besonders einer in Erinnerung, der einzige, an dem ich auch unseren berühmten und beneideten Kollegen Richard Nimmerrichter, den Staberl registrierte. Er kam mit zwei bemerkenswerten Begleitern: einer riesigen dänischen Dogge und einer nicht viel größeren, zierlichen asiatischen Frau, von der alle natürlich alle Kollegen behaupteten, die habe Staberl in Thailand gekauft.

Das merkwürdige an der Regierung der beiden unterschätzten Politiker Sinowatz und Steger war, dass auf seiten der Opposition keine Politiker stand, der diese Schwächen ausnützen konnte. Auch Dr. Alois Mock hat in der Politik mehr tragische als siegreiche Zeichen gesetzt, wenn er sich auch mit dem Eherehtitel Mr. EU schmücken kann. So ist es bezeichnend, dass das bekannteste Foto von Alois Mock eine Fälschung ist, als er gemeinsam mit seinem ungarschen Amtskollegen, Gyula Horn 1989 den Stacheldraht zwischen Ungarn und Österreich, zwischen Ost und West durchschnitt, war der Stacheldraht schon längst abgebaut, wie denn auch nicht, wie hätten sonst tausende DDR-Bürger unser Land durchwandern können, wo sie von den zusehenden gutwilligen Österreichern mit Bananen beworfen wurden, weil den DDR-Bürgern eine starke Vorliebe für die in ihrem schlechtverwalteten Mangelsystem nicht vorhandenen Frucht nachgesagt wurde. Das Stückchen Zaun, das Mock gemeinsam mit seinem ungarischen Kollegen durchtrennte, war extra für diesen Anlass, wiedererrichtet worden. Und Mock hat auf eine zugegeben brutale Reporterfrage, die in Österreich völlig unüblich war, eine überaus traurige Antwort geliefert: Die Frage „Haben Sie jetzt Parkinson oder nicht?" Mocks Antwort: „Das hat mir noch nie jemand nachweisen können." So, als ob es um einen nachweisbaren Mangel, nicht um ein Stück Befindlichkeit gegangen wäre. Und als Mock sich als Parteichef die Hoffnung auf ein paar Stimmen von dem zurückgetretenen SPÖ-Bundeskanzler Sinowatz machen konnte, da verlor Sinowatz die Stimmen zwar, aber gwinnen tat sie der neue Star am blauen Politikhimmel, Dr. Jörg Haider. Auch dieses Bild des traurig dastehenden Mock hat sich ins Gedächtnis geprägt. Und Vranitzky tat seine ersten Schritte auf der großen politischen Bühne in eine Art, die für ihn typisch werden sollte. Er verlor zwar die aktuelle Wahl, aber alle Beobachter attestierten ihm, ohne ihn wäre es noch schlechter gelaufen für die unter seiner Führung auf Sozialdemokratischen Partei umbenannte SPÖ.

DER SOHN DER SONNE

Aber natürlich braucht der schon erwähnte Dr. Jörg Haider mehr Raum in diesem Buch, er hat die Politik oder doch nur die Medien, längere Zeit stärker bestimmt als es ihm als Chef einer unter seiner Führung größer gewordenen Kleinpartei zugekommen wäre. Er war ganz ohne Frage eines der größten politischen Talente das Österreich je hatte, das wurde spätestens dann klar, als der gebürtige Oberösterreicher Haider im Kärtner-Anzug hinter einem Heustadl mit Blick auf den in der Abendsonne leuchtenden Wörther See auftauchte und mit erstaunlich tragender, starker Stimme Kärntner Volkslieder sang. Allerdings hat er nach meinem Gefühl eine andere berühmte Kärntner Besonderheit überstrapaziert:

Man hatte stets das Gefühl, dass er auf der Bühne des Villacher Faschings agiere. Ein Beispiel. Haider musste in einer Wahlkampfrede natürlich auch auf die politischen Gegner eingehen, die damals noch nicht heuchlerisch politischer Mitbewerber genannt wurden. Villacher Fasching hin oder her. Die spontane alliterierende Bemerkung Haiders wurde wild beklatscht. „Über den feschen Franz und den langweiligen Lois braucht man nimmer viel sagen." Als der langweilige Lois, also Dr. Alois Mock von Josef Riegler abgelöst wurde, nannte ihn Haider immer den „Mock im Streireranzug". Hätte ich je einen Film gesehen, in dem ein wie Jörg Haider gezeichneter Jungpolitiker in einem Auto namens Phaethon tödlich verunglückt, ich hätte einige unflätige aber auch ungläubige Äußerungen über Hollywood nicht zurückhalten können. Denn viele Hollywood-Regisseure wird es wohl nicht geben, die die Kenntnis des Phaethon[1] bei ihrem Publikum voraussetzen können. Fragen Sie mich nicht, wie Volkswagen auf die Idee kommen konnte, eines ihrer Autos nach einem nicht sehr aber doch bekannten kosmischen Wagenunfall zu benennen. Es gibt eben Dinge, die sich nicht erklären lassen.

Ein Fernseherlebnis zum Konflikt Steger Haider: Es gab in der ZiB 2 einen Bericht über einen Besuch Stegers in China und im letzten Bild schaut Steger wie die Karikatur eines Indianers mit der Hand die Augen beschattend, über die chinesische Mauer und der etwas belehrende Text lautete: „Diese Mauer wurde errichtet zur Abwehr der Feinde aus dem Norden." – Robert Hochner moderierte und er „fing den Beitrag auf", mit dem Satz: „Ich könnte mir vorstellen, der Herr Parteiobmann wünscht sich so eine Mauer, zur Abwehr der Freunde aus dem Süden." Ich möchte nicht den Fehler vieler meiner ehemaligen Kollegen begehen und Haider überschätzen und alle seine nationalen Rülpser wichtig nehmen. Ich hätte nur gern den Satz festgehalten, dass Jörg Haider wegen seiner Landesfürsten-Großherzigkeit mit der Alpen-Adria-Bank, der mit Abstand teuerste Landeshauptmann war, den es in Österreich je gab. Und natürlich wäre der Begriff Landesfürsten-Großherzigkeit besser ersetzt durch ahnungloses „Hinauswerfen von Steuergeld". Und es ist ein Beleg für die relative gering entwickelte demokratische Kultur in Österreich, dass die Wahl Haiders zum Parteichef der FPÖ als Gegenkandidat des amtierenden Parteichefs Dr. Norbert Steger in einer Abstimmung stets „Kampfabstimmung" genannt wurde und niemals Wahl.

Wahrscheinlich wollte man sich zumindest unbewusst an die sogenannte Machtübernahme der Nationalsozialisten in Deutschland 1933 anlehnen, die ja übrigens streng genommen auch auf demokratischem Weg geschah. Und die ziemlich primitive und unrichtige Gleichsetzung von Haider mit Hitler war durchaus üblich. Ich erinnere mich an einen Moderator beim Radio, der immer nur von FPÖ-Führer Haider sprach, wenn Parteichef gepasst hätte.

WALDHEIM UND DIE ERSTE KLEINE

Aber vor der Wahl Haiders hatte die SPÖ den Bundeskanzler ausgetauscht. Schuld daran war der neue Bundespräsident Waldheim. Ich kann in diesem Zusammenhang Fred Sinowatz meine Hochachtung für seine demokratische Reife nicht versagen. Kurzzusammenfassung für jüngere Leser: Dr. Kurt Waldheim war Außenminister der ÖVP und wurde, wohl auch wegen des vergleichsweise hohen Ansehens des neutralen Österreich, zum Generalsekretär der UNO gewählt. (1971-1981) Als ihn die ÖVP als Kandidaten für die Bundespräsidentenwahl 1985 aufstellte, hatte die Volkspartei erstmals seit 1945 die Chance, dass nicht ein Roter zum Bundespräsidenten gewählt werden würde. Denn vorher galt der Scherz: „Wie kann ein Schwarzer in Österreich Bundespräsident werden? Ganz einfach, wenn die Roten einen Neger aufstellen." In diesem Zusammenhang ist daran zu erinnern, dass Waldheim bereits 1971 angetreten war, aber keine Chance gegen seinen Gegenkandidaten, den ehemaligen Wiener Bürgermeister Franz Jonas hatte, der nie unter übergroßer Popularität litt, wie einer seiner Nachfolger, aber der litt ja auch nicht gerade darunter, im Gegenteil. Dann tauchten kurz vor der Wahl 1985 Dokumente über Waldheims Vergangenheit im Zweiten Weltkrieg auf, die bis dahin nicht bekannt waren. Vielleicht haben Sie noch den berühmten Satz von Bundeskanzler Sinowatz im Gedächtnis: „Wir nehmen also zur Kenntnis, dass Dr. Waldheim nicht in der SA war, sondern nur sein Pferd". Diesen Satz hat Sinowatz so nie gesagt, aber Sie können ihn so im Radio gehört haben. Tatsächlich hat Sinowatz bei diesem Satz herumgestottert, sich verbessert, neu angefangen, und so weiter. Die knappe und klare Fassung war nur im Radio möglich, weil man ihn dort so schneiden konnte. Im Fernsehen war das aus den schon erwähnten technischen Gründen nicht möglich. Ich glaube darauf vertrauen zu können, dass Sie jetzt den Spitznamen Sinowatz' im ORF-Deutsch verstehen können: „Die größte O-Tonvernichtungsmaschine". Bitte keine Aufregung, wegen Manipulation und so. Es war allen anwesenden Kollegen klar, was Sinowatz sagen wollte und es wurde auch in dieser, wenn Sie so wollen, gereinigten Form in allen Zeitungen so gedruckt. Der wirkliche O-(riginal)ton wäre unbrauchbar weil unverständlich gewesen.

Als dann Waldheim gewählt wurde, hatte Sinowatz soviel politisches Ehrgefühl zurückzutreten, wohl auch, weil er das richtige Gefühl hatte, dass er mit seiner Regierung ein wesentlicher Grund für die Niederlage seiner bei den in vorangegangenen Präsidentenwahlen stets siegreichen Partei war. Die Regierung Sinowatz Steger musste die Altlasten Kreiskys mit übernehmen, also AKH, Bauring, Lucona, dann kam noch der Noricum-Skandal hinzu und dann noch die Besetzung der Hainburger Au. Insgesamt eine Belastung, die auch eine stärkere Regierung zum Scheitern bringen hätte können. Die SPÖ entschloss sich für Dr. Franz Vranitzky als neuen Partei- und Regierungschef und zog damit einen unübersehbaren Schlussstrich unter die Ära Kreisky. Denn Vranitzky kam aus dem Finanzministerium von Hannes Androsch. Wenn es als Reparatur der Personalentscheidung von 1983 gedacht war, ging sie schief. Denn Vranitzky nahm einige bekannt gewordene einschlägige Äußerungen auf dem Innsbrucker Parteitag der FPÖ 1986, auf dem Haider gewählt worden war, zum Anlass, die Koalition mit den Freiheitlichen aufzukündigen und der ÖVP unter Dr. Alois Mock eine Koalition anzubieten. Die große Koalition war wieder da und sie hielt bis zur nächsten Regierungsbeteiligung der FPÖ unter Dr. Wolfgang Schüssel im Jahr 2000. Schüssel wurde mit Unterstützung der von Haider straff geführten FPÖ Bundeskanzler, obwohl er vor der Wahl eigentlich gesagt hatte: „Wenn wir Dritter werden, gehen wir in Opposition".

Schüssel hat später auf dementsprechende Vorhalte gesagt, er habe nicht riskieren wollen, dass der EU-Neuling Österreich von einer SPÖ unter dem ehemaligen ÖMV-Mitarbeiter Viktor Klima, mit geringer Erfahrung in der Bundespolitik oder gar Außen- und Europapolitik, in die europäische Gemeinschaft geführt worden wäre. Warum Schüssel ahnte, dass Klima einmal Bundeskanzler und Parteichef der SPÖ werden sollte, hat er nie präzise erklärt, nur mit politischem Feingefühl, denn als er das sagte, war Klima noch nicht Bundeskanzler sondern erst Finanzminister. Richtig ist allerdings, dass Klima von seinem ersten Arbeitstag in der Bundesregierung als deklarierter Nachfolger von Bundeskanzler Vranitzky galt Generell war die SPÖ damals noch eher kritisch zu Europa eingestellt. Bis zum berühmten Busserl, das der damalige ÖVP-Chef und Außenminister Mock seiner Regierungskollegin Staatssekretärin Gitti Ederer geben sollte, war es noch weit, auch wen formellenBeitrittsantrag natürlich Franz Vranitzky gestellt hatte.

Es ist wichtig, daran zu erinnern, dass der damalige FPÖ-Chef Jörg Haider nie der Regierung angehörte, er blieb in Kärnten, wurde zum stellvertretenden Landeshauptmann degradiert, weil er in einer zugegeben hitzigen Landtagsdebatte und in Erwiderung eines nicht gerade feinen politischen Angriffs, den Satz geprägt hatte, dass in der NS-Zeit eine ordentliche Beschäftigungspolitik gemacht worden wäre. Na ja. Friede seiner Asche, die im Gegensatz zu manchen Gerüchten nicht in dem von ihm veranlassten Stadion in Klagenfurt beigesetzt wurde.

Und man muss auch daran erinnern, dass ein wenig sensibler Umgang mit der Nazi-Sprache durchaus kein Alleinstellungsmerkmal der FPÖ war. Gerade in der Debatte um die Kriegsvergangenheit Waldheims fielen einige Bemerkungen, die besser unterblieben wären, so z. B. die des damaligen Generalsekretärs der ÖVP, des Wiener Rechtsanwaltes Michael Graff, genannt der Zweieffige zur Unterscheidung von dem gern Graf Robby genannten Handelsministers der ÖVP Dr. Robert Graf, genannt logischerweise der Eineffige. Graff sagte zum Thema Waldheim: „Solange nicht bewiesen ist, dass Waldheim mit eigener Hand drei Juden erwürgt hat, bleibt er unser Kandidat." Letztlich hat die Debatte um Waldheim sowohl ihm als auch dem Land genützt. Ihm, weil er zum Bundespräsidenten gewählt wurde. Dem Land, weil die längst fällige Debatte um die Rolle Österreichs in der Nazizeit die Atmosphäre reinigte, auch wenn Österreich mit Kurt Waldheim als Präsident einige Jahre einen gewissen Pariastatus in der Welt und in Europa hatte.

Gründe für Waldheims Wahlsieg, waren neben der erwähnten Schwäche der ungeliebten Regierung, vor allem taktische Fehler der Waldheim-Gegner. Der Aufmarsch prominenter Funktionäre des Jüdischen Weltkongresses wie Israel Singer oder Edgar Bronfman und der gescheiterte Versuch, den unbedeutenden Oberleutnant der Wehrmacht Kurt Waldheim zum Nazi-Schlächter aufzublasen, der er eben nicht war, was eine eigens ins Leben gerufene Historikerkommission unter Schweizer Leitung ausdrücklich feststellte.

Graff fiel später noch einmal mit einem nicht gerade geschmackvollen Satz auf, als er für den glücklosen Parteichef Mock einen Stauffenberg herbei wünschte. In einem Staat, in dem ich glaubte zu leben, wäre das ein klarer Grund für einen Rücktritt gewesen. Und neben der Schwäche der Regierung kam sicher auch das etwas trotzige Motiv zum Tragen, das die ÖVP in einem bekannten, gelben Wahlplakat festhielt. „Wir Österreicher wählen, wen wir wollen." Wahrscheinlich sahen die Österreicher in ihrer Mehrheit nicht ein, dass ein Mann zwar Generalsekretär der UNO werden konnte, aber für das Amt des Präsidenten eines Kleinstaates nicht in Frage kommen sollte.

DER FALL NORICUM, GHN 45

Aber, ich bemerke eben, dass ich den Noricum Skandal nicht erklärt habe, aus Rücksicht auf eventuelle jüngere Leser jetzt dazu ein paar Sätze: Hauptgrund war die elende Lage der verstaatlichten Industrie, vor allem des größten Betriebes, der VOEST-Alpine. Ein wahrscheinlich ein wenig zynischer Ökonom hat damals vorgerechnet, dass es den Staat billiger käme, alle VOEST-Mitarbeiter zum Hofkehren zu schicken und die Stahlproduktion einzustellen. Der Versuch ihres Managers Gernot Preschern, mit Steuergeld auf dem Weltmarkt des Öles mitzuspielen, ging mit hohen Kosten schief. Die VOEST kam auf die nicht besonders originelle für einen Stahlkonzern vielleicht aber naheliegende Idee, Geschäfte in einem vergleichsweise sicheren Markt zu machen, im Waffenhandel. Gegen Neutralität und das österreichische Waffengesetz, das polemisch verkürzt ungefähr lautet: Du darfst jedem Waffen verkaufen, es sei denn, der Käufer will die Waffen, weil er sie braucht und einsetzen will. Offiziell wurden die Kanonen mit hoher Reichweite, Gun Howitzer 45, die Österreich nach dem Neutralitätsgesetz gar nicht besitzen und daher logischerweise nicht produzieren durfte, an Libyen verkauft, tatsächlich landeten sie auf beiden Fronten der damals gegeneinander Krieg führenden Staaten Iran und Irak. Neutral zwar, aber nur im engsten Sinn des Wortes, so war das nicht gemeint. Und der negative Clou des verbotenen Handels war, da er nicht einen Arbeitsplatz sicherte und mit Verlusten endete. Die VOEST Manager waren sich, so hoffe ich, ihres Fehlverhaltens nicht so bewusst, weil mit Zustimmung der Regierung im Jahr 1983 Panzer aus Österreich nach Chile verkauft wurden, was ja auch nicht gerade eine Musterdemokratie und der Bürgerkrieg vorhersehbar war. Als sich die wirtschaftliche Situation in Chile verschlechterte, lieferte Finanzminister Androsch einen Satz, der als Beispiel der Lügensprache der Politik genommen werden kann. Androsch sprach von „Exportproblemen im Bereich Kette". Wahrscheinlich war mein Ton in der Noricum Affäre zu leichtfertig, denn es gab im Zusammenhang mit dieser Affäre, mindestens zwei Todesfälle, die unglaubwürdigerweise mit Herzversagen erklärt wurden. Der östereichische Botschafter in Schweden, Herbert Amry und VOEST-Direktor Herbert Apfalter.

RUND UM UDO

Der Selbstmord des parteilosen Verteidigungsministers Lütgendorf hingegen gehört zum Lucona-Skandal. Der aus einer alt-adeligen Familie stammende frühere General Verteidigungsminister Karl Lütgendorf besaß Anteile an einer der zahlreichen Proksch-Scheinfirmen und war Mitglied in dessen Kriegsspielverein CUM, Civil und Militär. Und Lütgendorf war dafür verantwortlich, dass Proksch Sprengstoff vom Bundesheer abzweigen konnte. Ob Lütgendorf auch selbst mit Waffen handelte, nicht beim Noricum Skandal sondern extra, mit gleichfalls neutralitätswidriger Scharfschützenmunition konnte gerichtlich nicht mehr geklärt werden. Allerdings führte der massive Verdacht zu seinem Rücktritt als Minister.

Lütgendorf hatte nachweislich Akten der Proksch Firma Zapata, eine der vielen Scheinfirmen des Udo Proksch, die er für sein vorgetäuschtes Geschäft mit der Uranerzaufbereitungsanlage brauchte. Den Firmennamen Zapata AG lieh sich Udo Proksch sich aus einem damals schon ziemlich alten Wildwestfilm mit Anthony Quinn und Marlon Brando: Viva Zapata. Ich kenne den Film nicht, aber ich habe zufällig in einer aktuellen (!) Fernsehzeitung eine Inhaltsangabe gefunden. Da heißt es. „Zapata wird zum Volkshelden, aber Gier und Eifersucht bringen ihn zu Fall." Von Eifersucht und Volksheld bei Udo Proksch weiß ich nichts, aber er hätte doch die Inhaltsangabe lesen sollen. Und man muss schon sagen, dass Udo Proksch nicht nur Gerd Bacher und Teddy Podgorski (s. u.) täuschte. Seine Idee Panzerkarosserien aus Plastik als

Attrappen auf Jeeps zu befestigen, um damit den bösen Feind über die Stärke der österreichischen Panzerkräfte zu täuschen, wurde zwar nie ernst genommen, aber sein Club der Senkrechtbegrabenen zur Belebung der Plastikproduktion und Platzeinsparung auf den Friedhöfen hatte so prominente Mitglieder wie Helmut Zilk, Prokschs frühere Ehefrau Burgschauspielerin Erika Pluhar, Helmut Qualtinger und den sicher nicht naiven Herausgeber der Kronenzeitung Hans Dichand. Verstorbene sollten in Plastikröhren eingeschweißt stehend begraben werden. Das ist auch ein Hinweis, dass die Eigenbezeichnung gelernter Schweinehirt zwar nicht falsch, aber doch eher kokett war, denn Proksch hatte in Österreich nicht nur eine der Kaderschmieden der Nazis, eine Napolaschule besucht (die nationalpolitischen Erziehungsanstalten führten ohne Matura zur Hochschulreife), sondern auch an der Akademie der angewandten Kunst Design studiert und in Vor-Demelzeiten Brillen für Serge Kirchhofer, das war er selbst, aber auch für Porsche Design und Carrera entwickelt. Und Proksch galt als Salonlöwe, für einen geborenen Preußen erstaunlich angepasst. So etwa nannte er einen nicht von ihm gezeugten angeheirateten Sohn Stefan Drusius Ingomar, mit der Begründung, der brauche nur seine Vornamen abzukürzen, um legal Doktor und Ingenieur auch ohne Matura zu werden. Nicht anpassen konnte er sich in dem von ihm geführten Kaffeehaus, er hatte keine Ahnung von Kaffeehauskultur in Wien, im Demel gab es damals Kaffee nur in Kännchen, wie sonst nur im Tourismusgebiet Kärnten Dort oft sogar sehr deutsch auf der ersten Silbe betont: Káffe. Mutter des geplanten, aber jung verstorbenen Doktor Ingenieur war die aus dem Hochadel stammende Ariane (meist Ceccly genannt) Glatz-Salm-Reifferscheidt-Trautheim, Nachkommin des Erstbesteigers des Großglockners, Franz Xaver Altgraf von Salm. Und auch Udo Prokschs Kompagnon beim Lucona-Betrug stieg in die Gastronomie ein. Auch Hans Peter Daimler, suchte die Nähe zu alten Familien, er zum Mercedes Urgestein den Daimlers, die allerdings von einer Verwandtschaft mit ihm nichts wissen wollten, auch er bewirtete vornehmlich den roten Parteiadel in seinem Nobelrestaurant Oswald und Kalb. Ich begründe meine nicht gerade steile und auch nicht lange Karriere im ORF damit, dass ich nie dort war. Bessefr geagt, dass meine Karriere im ORF so kurz und so flach verlief.

Lütgendorfs Selbstmord wurde lange bezweifelt, weil sich der Minister durch den geschlossenen Mund erschossen hatte, aber das ist die in England übliche Form des Harakiri. Ein Gentleman nimmt den Mund voll Whisky und erschießt sich durch den geschlossenen Mund, weil dann die Flüssigkeit im Mund explodiert und für einen sicheren, raschen Tod sorgt, ob er wirklich schmerzlos ist, weiß zwangsläufig niemand, aber lange dauern kann das Sterben wohl sicher nicht.

Auch die Rücktritte des Innenministers Karl Blecha und des Außenministers Mag. Leopold Gratz gehen zu Lasten ihrer Bemühungen um ihren Freund und Gönner Udo Proksch. Ein wenig beschämt muss ich gestehen, dass der ORF in seiner Gesamtheit erst relativ spät in den Lucona-Skandal eingestiegen ist, weil Gerd Bacher Udo Proksch für einen der wenigen Österreicher mit Weltformat hielt und der spätere Generalintendant Teddy Podgorsky Mitglied in dem Prokschverein CUM, Civil und Militär, war, über den Proksch mit Hilfe Lütgendorfs Sprengstoff und andere Güter des Bundesheers erhielt.

Der Iran erhielt also nicht die österreichischen Kanonen in gewünschter Menge, aber bezog genauso illegale Waffen aus den USA, eine Geschichte, die als Iran-Contra-Affäre bekannt wurde. Denn die USA verwendeten die bei diesem Geschäft erzielten Gewinne, um die sogenannten Contras in ihrem Kampf gegen die linke Regierung in Nicaragua zu unterstützen. Weil der Skandal so internationale Dimensionen erhielt, erhob sich das Gerücht, auch die Ermordung des schwedischen Ministerpräsidenten Olof Palme habe mit Noricum zu tun. Doch dafür gab es nie ernstzunehmende Hinweise.

VOM REST DES KOSMOS

Natürlich kann ich nicht von allen Politikern erzählen, mit denen ich in meiner journalistischen Tätigkeit zu tun hatte, aber für einige von ihnen lohnt es sich doch, wenn Sie diesen altmodischen Ausdruck noch verstehen, die Feder in die Tinte zu tauchen. Ich hoffe doch, auch deswegen weil in Österreich Journalisten mit mehr als durchschnittlichen Deutschkenntnissen gerne als Edelfedern bezeichnet werden, Füllfedern werden sie schon noch haben, wenn auch nicht so häufig benützen.

Keine Überraschung, die Liste beginnt mit dem alphabetisch letzten, also mit Z wie Zilk: Von ihm gilt das Wort, er habe in seinem kleinen Finger, beliebiger Hand, mehr politisches Gespür gehabt, als der Rest seiner Partei zusammengenommen. Vielleicht liegt es daran, dass der gelernte Lehrer Dr. Helmut Zilk vom ORF kommt, er war Fernsehdirektor und ganz ohne Frage für mehr in den Sendungen aus dem Archiv gezeigte Höhepunkte verantwortlich als ziemlich viele ORF Angestellte miteinander. Das in Wien oft gehörte Bonmot über ihn ist nicht falsch: „Der Zilk ist mit mehr Leuten per Du als er überhaupt kennt." Das ist zwar schwer vorstellbar, weil Helmut Zilk praktisch jeden kannte, aber Sie wissen schon, wie es gemeint ist. Helmut Zilk gehörte zu den wenigen Politikern, von denen ich mich persönlich verabschiedete, als ich nach Griechenland übersiedelte. Er dröhnte: „Na großartig Gehns Frau ...", der Name seiner Sekretärin fiel ihm nicht ein, „rufen Sie meinen Freund in Griechenland an, Sie wissen schon den ..."

auch diesen Namen hatte er nicht parat, „und sagen Sie ihm, dass mein Freund der ...", er wies auf mich, aber auch mein Name fiel ihm nicht ein, „also der Dings geht nach Griechenland. Er soll sich um ihn kümmern." Ich bezweifle, dass diese doch wenig eindeutige Botschaft je irgendwo sinnvoll landete. Aber ich brauchte ja auch keine Hilfe in Griechenland. Es lag zweifellos nicht an Zilks Vorgängern Marek und Slavik, dass Wien in den so beliebten Listen der lebenswertesten Städte immer sehr weit vorne liegt. Und auch nicht an seinen Nachfolgern, Häupl und Ludwig. Und Hand aufs Herz: Es lebt sich doch wirklich angenehm in Wien, seitdem ich nicht mehr dort lebe, sondern in Niederösterreich und wie erwähnt viel in Griechenland spüre ich ganz selten aber doch ein wenig Heimweh, nicht ganz, ich bin ja Linzer, aber doch so ewas wie Sehnsucht. Aber bevor ich dazu ausholen noch ein paar Namen, die mir wichtig sind. Einer der umstrittensten Minister, weil er seiner Zeit voraus war, war Sozialminister Alfred Dallinger. Die Wirtschaft nannte ihn Maschinenstürmer, weil er bei steigender Arbeitslosigkeit sich nach neuen Einnahmequellen neben der oder an Stelle der prohibitiv hohen Lohnsteuer umsah. Das ist nur so nebenbei erwähnt auch das eigentliche Hauptthema vom George Orwells 1984. Der Große Bruder ist nur der dramatische Rahmen, die spannende Handlung, es geht eigentlich darum den Produktivitätsfortschritt der Menschen so aufzufangen, dass die Leute trotzdem beschäftigt und damit bezahlt bleiben, weiter an den Sinn ihrer Arbeit glauben und der so erzielte Mehrertrag besteuert werden kann. Denn sonst heißt die einfache Gleichung. Steigerung der Abeitsproduktivität ist gleich Arbeitslosigkeit. Orwell löst das Problem mit dem permanenten Krieg, von dem man nie genau weiß, ob es ihn überhaupt gibt und wer mit wem gegen wen verbündet ist. Das ist gleichgültig, solange die Bürger glauben, kriegswichtige Arbeit zu leisten. Und Dallinger wollte eben den maschinell erzielten Mehrertrag besteuern.

Jetzt fällt mir kein Übergang ein, also lasse ich ihn weg und gehe weiter zu Josef Ratzenböck etwa, dem langjährigen Landeshauptmann von Oberösterreich. Vom ihm stammt die hübsche und ganz sicher wahre Anekdote, als er einmal eingeladen war, ein Treffen der Oberösterreichischen Goldhaubenträgerinnen zu besuchen, einen Verein, dessen Präsidentin Frau Ratzenböck war. Er wurde vorgestellt und eine würdige Matrone betrachtete Ratzenböck mit sichtlichem Wohlgefallen und sagte: „Ah und Se san oisa da Mann von da Frau Landeshauptmann." Er selbst erzählte es in der Form, dass einmal eine andre Dame bei ihm zu Hause vorgesprochen habe: „Griaß Ihna, Frau Landeshauptmann, Ist der Ratzenböck da?" Schön ist auch das Zitat des ÖVP-Abgeordneten und Mediensprechers Heribert Steinbauer, der öfter versehentlich österreichisch als Herr Doktor Steinbauer angeredet wurde. „Ich bin kein Akademiker, nur Brillenträger." Steinbauer brachte herausragende politische Leistungen bei den diversen politischen Ausschüssen des Nationalrates, die sich mit den Skandalen der 70er und 80er-Jahre befassten. Soweit sie gerichtsnotorisch wurden wurde fast immer ich als Reporter eingesetzt. Das erste Mal mehr oder weniger zufällig, aber dann hatte ich einfach als einziger die nötige Erfahrung. Ich kannte mich im Landesgericht aus und ich konnte auch mit der Technik umgehen, die ich für meine Live-Berichte in den Radio-Journalen brauchte. Das heißt über die Straße ins Parlament zu gehen, den Bericht in dem dortigen Kleinstudio des Radios fertigzumachen und ohne Hilfe eines Technikers auf Sendung zu gehen. Ich verbrachte viele Tage im Landesgericht, hatte selbst schon den Eindruck, gesiebte Luft zu atmen und wurde betriebsblind. Ich glaube nicht, dass mir viele Hörer folgen konnten, wenn ich vom Flughafen Khamis Mushait oder der Schotterung der Straße von Sakkaka nach Arar erzählte. Das war natürlich der Bauringprozess. Der AKH-Prozess lehrte mich das Gefühl des Reiters über den Bodensee. Mein Informant kam exakt neun Minuten vor Beginn des Abendjournals aus dem Ausschuss und erzählte mir seine Sicht der Dinge. Um Missverständnissen vorzubeugen: Nein, das war nicht der zuvor lobend erwähnte Heribert Steinbauer. Eine natürlich illegale aber einzige Informationsquelle aus der damals nicht öffentlichen Sitzung des Ausschusses. An diesem Tag war es auch um Gerüchte um eine Beteiligung Androschs bei einer der am AKH-Bau beteiligten Firmen gegangen. Sieben Minuten nach Beginn des Abendjournals ging ich Live auf Sendung. Einige Tage später war ich wieder im Hohen Haus. In der sogenannten Milchbar des Parlaments, in der ich nie jemand Milch trinken sah, saßen drei bekannte Anwälte der roten Reichshälfte beieinander, weil sie vor dem Ausschuss aussagen sollten. Einer von ihnen, Dr. Herbert Schachter, kannte mich, kam an meinem Tisch und sagte: „Ich muss Ihnen gratulieren, wir haben zu dritt Ihren Bericht im Abendjournal gehört, weil wir gedacht haben, dass wir klagen müssen. Aber es war zwar natürlich tendenziös und hinterhältig, wie bei Ihnen nicht anders zu erwarten, aber so geschickt formuliert, dass wir nicht hineinkonnten, auch wie bei Ihnen nicht anders zu erwarten. Glückwunsch." Handschütteln. Jetzt hätte ich einen großen Schnaps gebraucht, aber harte Alkoholika waren aus naheliegenden Gründen in der Milchbar nicht üblich. Natzürlich erzählte ich diese Geschichte mit einem gewissen Stolz aber noch mehr Erleichterung meinen Kollegen. Johannes Fischer traf eine klare Entscheidung. „Du musst hinaus, Du musst etwa anders sehen und hören. Der Bruno (Kreisky) fliegt nächste Woche in den Nahen Osten. Du wirst ihn begleiten." Natürlich freute ich mich darüber, musste aber einwenden: „Das kann ich nicht, ich habe von einer Urlaubsreise einen israelischen Einreisestempel im Pass. Die werden mich in den arabischen Staaten nicht hinein lassen." Und ich erzählte ihm, dass ich zwar versucht hätte, nach dem Tipp im Reiseführer bei der Einreise in Israel einen Stempel in meinen Pass zu verhindern. Aber die israelischen Grenzbeamten hätten sich nicht um meine Bitten und Proteste gekümmert und genauso beharrlich ihre bürokratischen Vorschriften befolgt, wie Zollbeamte überall auf der Welt. Wie denn auch nicht? Hannes Fischer war nicht beeindruckt. „Du musst Dir eben einen neuen Pass machen lassen." Auf meinen skeptischen Einwand: „Bis nächste Woche?" reagierte er mit einem Griff zum Telefon. Am Nachmittag des folgenden Tages, einem Freitag, hatte ich meinen neuen Pass, ganz ohne eventuell missliebigen Stempel. Die eigentlich als Belohnung und Ablenkung gedachte Fahrt mit Kreisky wurde zu einer ziemlichen Anstrengung, weil Kreisky nach einer längeren Pause der Verstimmung erstmals wieder den Palästinserführer Yassir Arafat traf, die Verstimmung nach der Ermordung des Palästinenservertreters Dr. Issam Sartawi wurde gelöst und ich machte regelmäßig zwei Radiogeschichten pro Tag. Das war gar nicht so einfach, weil ich nur ein Kassettengerät mithatte. Um einen Stimmverstärker zu haben und O-Töne nach Wien überspielen zu können, brauchte man so ein altmodisches Telefon, bei dem man die Sprechmuschel abschrauben und die dort stehenden zwei Metallkontakte mit einem aus der Lautsprecherbuchse des Gerätes herausgeführten Stereokabels mit zwei Bananensteckern verbinden musste. So altmodische Telefon gab es in den Golfstaaten nur noch in den seltenen Telefonzellen, die Telefone in den Zimmern waren formschöne, moderne Apparate, an denen ich als Laie nicht herumschrauben konnte und wollte. Ich werde die Blicke der arabischen Sicherheitsbeamten nie vergessen, als ich in der Telefonzelle im Hotel (!) herum schraubte und hantierte.

Diese Reise sollte indirekt mein Leben verändern. Denn zur Begleitung Kreiskys gehörte auch der damals noch ziemlich unbekannte Umweltminister Dr. Kurt Steyrer. Wir kamen im Flugzeug und auch während der mehrtägigen Reise einige Male ins Gespräch und fanden offenbar Gefallen aneinander. Ich begann, mich in diesen Tagen für Umweltthemen zu interessieren.

Hauptthema war damals der ökologische und ökonomische Schwachsinn des Kohlekraftwerkes in Dürnrohr. Schuld an dem dort geplanten Kraftwerk war indirekt Kreisky, weil er bei einem Exportgeschäft nach Polen, akzeptiert hatte, dass Polen nicht mit seinen sehr knappen Devisen sondern mit seiner in großen Mengen vorhandenen Steinkohle zahlte. Da saß Österreich auf einem in dieser Höhe nicht erwarteten Haufen Kohle und wusste damit nichts anzufangen, so entstand die Idee, die Kohle zu verstromen. Der damals schon bekannte Umweltschützer Dr. Bernd Lötsch fand dafür die präzise, ein wenig boshafte Bezeichnung „Durchlauferhitzer für die Donau", weil das Kraftwerk mit Donauwasser betrieben und eben auch gekühlt werden sollte.

Dr. Steyrer und ich hatten auch ein paar gemeinsame Erinnerungen. Wir hatten beide als Kinder in der bei Linz in die Donau mündenden Traun gebadet, was dann aus gesundheitlichen Gründen verboten wurde. Wir hatten also ein aktuelles umweltpolitisches Thema und Dr. Steyrer bat mich, ihn bei seiner nächsten Auslandsreise zu begleiten, bei der UNEP-Konferenz in Nairobi (UNO-Umweltschutzorganisation) United Nations Environment Protection.

Das Umweltthema wurde damals auch in Österreich immer wichtiger, was, Ehre wem Ehre gebührt, im wesentlichen an der Kronenzeitung lag, die ihren ansonsten vom Aussterben bedrohten Leserkreis verjüngen wollte. Ich flog also mit Dr. Kurt Steyrer nach Nairobi, brachte von dort nach meiner Erinnerung zwölf Radiogeschichten mit und ging auch von dort live auf Sendung im Radio. Ich berichtete gerne live, wann immer es ging, weil so niemand den Beitrag verändern konnte. Natürlich stimmten die Anschlüsse an meinem Schweizer Tonbandgerät nicht mit den Anschlüssen im Uhuru (Freiheits) Kongresszentrum in Kenia überein. Aber der dort im Pressezentrum tätige Techniker nahm unbekümmert ein ziemlich langes Messer vom Tisch, entfernte auf beiden Seiten die Isolierung von den Kabeln und verdrillte die Drähte. So ging ich also vom Kongresszentrum in Kenia live auf Sendung im Mittagsjournal. Der Umweltminister aus dem kleinen eher reichen europäischen Staat Österreich erzielte bei der Tagung mit seiner Rede erhebliches Aufsehen, weil er ähnlich Shakespeares Mark-Anton (but Brutus is an honourable man) sein Hauptanliegen immer wieder wiederholte: „We have thy duty to hope." Optimismus war in der beginnenden Umweltdebatte ein viel seltener als Weltuntergang gebrauchtes Wort. Und dann in der schönen Formulierung:

Wir haben die Pflicht zur Hoffnung!

Vielleicht passt ein kurzer Ausflug zur Technik ganz gut hierher. Denn alleine, ohne ORF-Techniker, und mit blank gemachten Kabeln auf Sendung zu gehen wäre im Fernsehen unmöglich. Ich ging am liebsten Live auf Sendung, weil da der Beitrag nicht verändert werden konnte. Also versuchte ich auch immer bei Wahlen nicht an die mit fixen Radioleitungen ausgestatteten Wahlkampfzentralen der Großparteien angebunden zu sein, sondern fuhr mit dem SRW, dem Schnellreportagewagen dort hin, wo es etwas zu berichten gab. So etwa bei der Volksabstimmung zu Zwentendorf und beim ersten erfolglosen Antreten der Grünen bei Nationaratswahlen. So kam ich einmal nach einer Nationalratswahl zur damals noch ziemlich großen Zentrale der kommunistischen Partei, auf dem Wiener Höchstadtplatz. Natürlich gab es dort keine fixmontierte Radioleitung, aber bei dem SRW konnte man eine mehrere Meter hohe Antenne ausfahren und aus ganz Wien auf Sendung gehen. Das Hochhaus der damals noch relativ reichen KP lag in völliger Finsternis, auf mein Läuten erschien Parteichef Franz Muhri persönlich, in Hauspatschen und Strickweste, eine gefaltete Zeitung unter dem Arm, es war nicht die Volksstimme. Muhri bat mich herein und bot mir an, was seine Partei für den Wahltag zur Bewirtung vorbereitet hatte, in striktem Gegensatz zu den meist üppigen Buffets der größeren Parteien. Es gab Coca Cola und Soletti. Und auf meine Frage, warum es die KP wieder nicht in den Nationalrat geschafft hatte, legte Muhri eine gewundene Erklärung vor, die von der Unfairness der Medien handelte, womit ich natürlich nicht gemeint sein sollte und konnte. Ich glaube, es war die einzige Szene in meinem Berufsleben, in der ich gerührt war. Das Risiko der Livesendung habe ich im Presseclub Concordia erlebt, wo es natürlich eine fixe Radioleitung in der Ecke der Garderobe gab. Bundeskanzler Kreisky führte im Zusammenhang mit der Lucona Affäre einen eher heftigen Angriff auf Hans Pretterebner, den Mann, der den Versicherungsbetrug praktisch im Alleingang aufgedeckt und auch dokumentiert hatte. Hauptberuflich gab Pretterebner eine politisch rechts stehende Zeitschrift heraus und zog sich so den Zorn Kreiskys zu, den ich durch meine Frage noch verstärkte, ob Kreisky bei seiner politischen Biografie nicht ein unangenehmes politisches Gefühl habe, wenn der Staat mit seiner gesamten Macht gegen einzelne Staatsbürger vorgehe, also gegen Pretterebner. Kreisky Antwort war so abweisend, dass die Pressekonferenz kurze Zeit später zu Ende ging. Kreisky sah mich in der Ecke der Garderobe sitzen und an dem geplanten Beitrag arbeiten. „Das muss ich Ihnen jetzt erklären, sonst erzählen Sie was Falsches auf Sendung." Kreisky ließ sich von meinen immer dringender werdenden Versuchen nicht abdrängen. Und als mich der Moderator des Mittagjournals rief, beugte er sich über mein Mikrofon und sagte: „Der kann jetzt nicht. Aber hier spricht Kreisky. Was wollen Sie hören?". Der etwas überraschte Moderator, Luis Glück, reagierte professionell. „Wir haben offenbar technische Probleme mit dem Presseclub Concordia und ziehen einstweilen einen anderen Beitrag vor." Das bedeutete, dass mein Mikrofon geschlossen wurde und ich konnte in den mir verbleibenden Minuten den Beitrag so fertig machen, wie er geplant war.

DER KONRAD LORENZ PREIS

Vielleicht war es auch diese große Umweltkonferenz, die mich zusätzlich für das Thema Umwelt entflammte. Die Konferenz selbst war so sinnlos wie alle ihre Nachfolger. Sie hätte der Umwelt am meisten genützt, wenn man sie abgesagt hätte, anstatt tausende Menschen mit Flugzeugen durch die Welt zu schicken. Ich erinnere mich an den Beitrag des ebenfalls eingeladenen palästinensischen Delegierten. Er nannte Israel das größte und wichtigste Umweltproblem nicht nur des Nahen Ostens sondern der ganzen Welt. Das mag man so sehen, als Palästinenser, aber so ein Problem kann nicht auf einer Umweltkonferenz gelöst werden. Aber mein Interesse war geweckt und so wurde ich zu einem der frühesten Umweltjournalisten Österreichs.

Manchmal, in eher depressiven Phasen, erinnerte mich meine Tätigkeit an die eines Mietkillers in Wildwestgeschichten. Wer sich von einem die Umwelt beeinträchtigenden Bauvorhaben gestört fühlte, rief den Seifert vom Inlandsreport an und bat ihn, bei der Verhinderung zu helfen. Kein Missverständnis bitte, wegen des Wortes Mietkiller. Natürlich erhielt ich bei allen von mir je wahrgenommenen Themen nie Geld oder geldwerte Leistungen, mein Vorteil waren die gelungene Geschichte, die Informationen und Meinungen der Betroffenen dazu. Ich bilde mir ein, einige Male tatsächlich etwas beeinflusst zu haben. Das Kraftwerk im Reichraminger Hintergebirge, die Ennstalbundesstraße, sie wurden nie gebaut. Ein Stück Autobahn in der Steiermark konnte ich zwar nicht verhindern, aber der von der Grundablöse betroffene Bauer erhielt eine doppelt so hohe Ablöse, wie ihm ursprünglich angeboten worden war. Der Rechnungshof kritisierte später die herausragend hohe Summe, die für diese Grundstücke ausbezahlt worden war. Aber sicher nicht meine „Mietkillertätigkeit" sondern mein ehrliches und überzeugtes Engagement für eine lebenswerte Umwelt auch für unsere Nachkommen (mittlerweile zwei Enkel) bescherte mir den Höhepunkt meines beruflichen Lebens: Nach einigen anderen Preisen, die jedem Journalisten im Lauf seines Lebens passieren erhielt ich auch einige Naturschutzpreise und 1988 schließlich noch aus seiner eigenen Hand den Konrad Lorenz Preis für Umweltschutz. Leider als letzter noch aus seiner Hand. In der Zeit kurz vor der Preisverleihung hatte ich einen längeren Beitrag zu einem Tschernobyl-Jahrestag gemacht, bei dessen Titel Sie die Satzzeichen mit lesen müssen. Ein Jahr nach Tschernobyl. Guat is gangen? Nix is gschegn! Hainburg: Auch dazu ein paar Zeilen um jüngeren Lesern das Verständnis zu ermöglichen. Die Volksabstimmung gegen Zwentendorf hatte die Umweltbewegung in Österreich ein wenig selbstbewusster gemacht. Das waren in Österreich nicht ausschließlich linke Studenten sondern durchaus bürgerliche Menschen. Ein Motiv des Protestes gegen das geplante Kohlkraftwerk Dürnrohr in Steinwurfentfernung von Zwentendorf war sicher auch der Wille, es der alten Politik zu zeigen. Im wesentlichen doch junge Leute nahmen es auf sich, in der kalten Jahreszeit im Auwald bei Hainburg zu zelten um die die dort geplanten Rodungen zu verhindern. Die Polizeiaktionen gegen die protestierenden Baumschützer waren von untypischer Härte und Brutalität. Innenminister Karl Blecha wurde in diesen Tagen in der Kronenzeitung ausschließlich „Polizeiminister" genannt und auch untypisch hart angegriffen. Als es dann immer kälter wurde, als Weihnachten näher rückte und die Bilder der in den Zelten frierenden Studenten immer jämmerlicher wurden, verordnete Bundeskanzler Sinowatz eine Weihnachtspause zum Nachdenken. Bevor die Pause endete, war die Rodungsbewilligung abgelaufen, sie wurde nie verlängert.

Zum Thema Hainburg gibt es noch eine besondere Geschichte. Die Umweltschützer, als herausragende Persönlichkeiten seien Univ. Doz. später Professor Dr. Bernd Lötsch genannt, Dr. Peter Weish, Univ. Prof. Herbert Aubauer, Professor Herrmann Knoflacher und noch einige mehr riefen in Zusammenarbeit mit dem WWF dazu auf, Grundstücke an der Donau zu kaufen, die von dem bei Hainburg geplanten Donaukraftwerk überflutet werden würden, weil die Grundbesitzer dann Parteienstellung hätten und berechtigte Einsprüche gegen das Kraftwerk erheben könnten. Der ORF machte sich dieses Thema zu eigen, ich glaube nach wie vor, der Kronenzeitung wegen und kündigte eine von Vera Russwurm moderierte Show zur Geldbeschaffung an, mit dem schönen Titel: „Kröten für die Au." Alle Mitarbeiter wurden aufgefordert, dazu beizutragen, dass die Show ein Erfolg würde. Natürlich war kein finanzieller Beitrag gefordert sondern ein inhaltlicher. Ich wurde als deklarierter Umweltschützer und Konrad Lorenz Preisträger auch aufgefordert im Inlandsreport etwas aus diesem Anlass zu machen. Ich sah voraus, dass es in den nächsten Tagen in den bedrohten Auen von Hainburg von ORF-Kameras nur so wimmeln würde, die sich alle um die bekanntesten Kamerapositionen drängen und einander selbst im Weg stehen würden. So ein ähnliches Erlebnis hatte ich in einem recht peinlichen Anlass schon einmal, als ich für einen Weihnachtsbeitrag zu einem bekannten Branntweiner schräg gegenüber einer Filiale eines, wie es damals noch hieß, Arbeitsamtes drehen wollte. Mich empfing belustigtes Gejohle: „Schon widar aner, Heans se san da dritte „Orfler" heit." Ich habe dort nicht die geplanten Not- und Elendsbilder mit Alkohol gedreht sondern bin zum Christkindelmarkt gefahren und die Geschichte wurde klarerweise ein wenig anders als geplant, sehr verkürzt Punsch statt Schnaps. Um ein ähnliches Erlebnis zu vermeiden, beschloss ich als einziger dorthin zu gehen, wo das System Au tatsächlich entsteht, das heißt unter Wasser. Die Show war für den Nationalfeiertag geplant und Anfang Oktober lädt die Donau nun wirklich nicht mehr zum Baden ein. Auch mit den gemieteten Neoprenanzügen war es saukalt; Anzüge im Plural deswegen, weil ich zwei Freunde vom WWF überredet hatte, mich zu begleiten, damit mehr Leben im Bild sei. Denn der Beitrag würde schwierig genug werden, wenn man nie ein Gesicht sieht, nie eine Stimme hört. Wir zogen zu fünft los. 2 Freunde vom WWF, von denen ich nur einen näher kannte, Heinrich Navara, der Unterwasserkameramann Harald Schaupp und der Tonassistent Erwin Rieger und ich. Nun, das Tauchen in der Hainburger Au war erwartungsgemäß kalt und langweilig, überrascht war ich nur, dass es in der Donau Muscheln gab. Und dann entdeckte ich zufällig auf dem Grund der Donau eine merkwürdige kleinere Kiste, würde ich sie heute nennen. Also ein rechteckiges Gefäß, mit zwei deutlich zum Tragen bestimmten Handgriffen an den Seiten und geschlossenem gewölbten Deckel. Wir bargen mit einiger

Mühe das schwere Ding aus Metall. Und an Land dachte niemand mehr an Kälte. Wir öffneten mit blitzendem Tauchermesser die Kiste, der unter Wasser nicht beschäftigte Tonmann Erwin Rieger war so geistesgegenwärtig, sich meine aus Sicherheitsgründen mitgenommene Amateurkamera zu schnappen und die Szene damit zu drehen. (Die große, professionelle Unterwasserkamera war an Land nicht so leicht und nicht so schnell einzusetzen. Wir fanden in der Kiste hauptsächlich stinkenden Schlamm aber auch Geld: In Plastik eingeschweißte Rollen mit Einschillingmünzen und Scheckkartenrohlinge. Das ist vermutlich kein Fachausdruck, aber Sie verstehen, was wir fanden. Selbstverständlich fuhren wir sofort zum Gendarmarieposten Hainburg, um den Fund zu melden. Zwei von uns blieben bei der geöffneten Kiste als Wache zurück. Für den Gendarmen, der mit seinem Golf hinter uns her zum Fund- oder besser Lagerplatz fuhr, sollte es ein ausgesprochen schlechter Tag werden. Denn er musste die verdächtige Kiste natürlich sicherstellen. Wir lehnten seine Bitte ab, für ihn die Kiste zum Gendarmarieposten zu führen, weil wir nicht riskieren wollten, dass unsere Sachen von dem stinkenden Schlamm beschmutzt und vielleicht sogar beschädigt wurden. Der Gendarm war ein so ordentlicher Typ, dass er nichts in der Brusttasche seines Uniformhemdes stecken hatte, wie ich glaube, um die Bügelfalte nicht zu beeinträchtigen. Und seinen Kofferraum brachte er nicht auf, weil der von irgendwelchen bösen Buben in Hainburg mit dem damals modern werdenden und häufiger missbräuchlich verwendeten Superkleber zugeklebt worden war. Jetzt musste er also mit vor Ekel verzerrtem Gesicht, die stinkende Kiste auf den Beifahrersitz packen.

Es stellte sich heraus, dass die Kiste Teil der Beute eines Überfalls in einer Wiener Bankfiliale wenige Tage vorher war. Auf sachdienliche Hinweise war eine Belohnung von 200.000,- öS ausgesetzt. Und so geschah es, dass der Direktor der Filiale Gast in der Vera Russwurm-Show war und als größter Einzelspender für die Aktion „Kröten für die Au" beklatscht wurde. Nicht nur, aber auch deswegen fließt die Donau frei durch ein Gebiet, das jetzt Nationalpark Donau-Auen heißt.

DIE GRÜNE PRAXIS

Mit dem Konrad Lorenz Preis war auch eine Geldsumme verbunden. Wir nutzten dieses überraschende Geld zum Ankauf eines Grundstücks und bauten ein Haus. Natürlich ging da wesentlich mehr darauf als das Preisgeld, es kam auch eine Erbschaft dazu. Ich wollte ein bewusst umweltfreundliches Haus bauen. Dafür mussten wir sehr viel Lehrgeld zahlen, weil es dafür noch keinen Markt gab. Es begann mit der Hausform, quadratisch, weil man dann die kürzesten Außenmauern im Verhältnis zur Wohnfläche brauchte. Das bedeutete geringere Kosten und geringere Energieverluste. Den Eingang verlegten wir in den Keller, weil dann bei geöffneter Haustür keine Wärmeenergie hinaus fällt. Die Außenfassade des 38 cm Blockziegelhauses bestand aus Holz, gedämmt mit Kokoswolle. Durch die Eingangstür im Keller betrat man einen Zentralraum, (Stiegenhaus) der bis zum Dach offen war. Dort sammelte sich jedes Bisschen in dem Haus produzierte Wärme. Weil wir sie dort nicht brauchten, saugten wir diese Wärme ab und produzierten unser Warmwasser damit. Die kalte, trockene Luft der Wärmepumpe bliesen wir in den Kellerraum, in dem wir unser Brennholz lagerten. Und vor die Südseite des Hauses bauten wir aus alten Fenstern ein Glashaus, mit dem wir an sonnigen Tagen das Wohnzimmer heizten. Auch weil alles natürlich warme Abwasser durch gewundene Rohre im Glasanbau zum Kanal geführt wurden. Insgesamt ergab das ein Klima, dass unsere dort nach Gebrauch eingepflanzten natürlichen, also lebenden

Weihnachtsbäume den Hitzetod starben. Thermisch machten wir offenbar keine großen Fehler. Weniger gelungen waren unsere Versuche, kein gutes Trinkwasser für die Beseitigung der Fäkalien, also für die Klospülung, zu brauchen. In der Bauphase hatten wir eines der ersten elektrischen Klos in Österreich. Kein WC, sondern ein mit einem Rührstab, einer Kompostlade und einer kleinen E-Heizung ausgestatteten Thron. Solang nur unsere kleine Familie das Ding benützte und das Produkt in der Lade mit Erde und Sägespänen trockneten ging alles gut. Wir warfen die dort produzierte Komposterde auf den Baugrund und man sah und roch keinen Unterschied zur anderen lehmigen Erde. Als aber unsere Helfer beim Baugeschehen unser einziges Klo auch als Urinal benutzten, war das System überfordert und die Lade ging über. Es ging also nicht ohne Wasser und Kanal! Unsere nächste Idee war, das Wasser aus der Waschmaschine in zwei Plastikfässern im Keller zwischenzulagern und mit einer Pumpe zur Klospülung nach oben zu transportieren. Und obwohl wir nur mit den damals aufkommenden „grünen" Waschmitteln wuschen, war die Lauge so aggressiv, dass alle Metallteile im Klo verrosteten. Diese Anlage zu beseitigen, war die erste Tat unseres Sohnes, als wir ihm das Haus überließen. Trotzdem bin ich sicher, dass wir auf dem prinzipiell richtigen Weg waren und es ist mittlerweile einfacher und billiger geworden, die Umwelt nicht so massiv zu beeinträchtigen. Zurück ins Büro.

Mit Kreisky im Libanon, in Bahrein, Abu Dabi und Kuwait, mit Steyrer in Nairobi, mir schien der Gerichtssaal in Wien auf einmal enger als vorher. Und die Skandale wurden weniger und kleiner. Der Fall Sekanina hat nur auf den ersten Blick Gemeinsamkeiten mit dem Fall Olah. Sekanina war Bautenminister, Vorsitzender der Gewerkschaft Bau-Holz und anscheinend auf dem unaufhaltbaren Weg ÖGB-Präsident zu werden. Und auch er veruntreute das Geld seiner Gewerkschaft. Auch er nicht zur persönlichen Bereicherung. Die SPÖ fürchtete, Sekanina an der Spitze der Gewerkschaft nicht mehr „derhalten" zu können und ließ ihn fallen.

DER LUCONA-PROZESS

Trotzdem musste es noch einmal sein. Jetzt hing es um die Lucona, um Udo Proksch. Die Geschäftsordnung des Gerichtes brachte es mit sich, dass ein Richter die Verhandlung führte, der nicht weniger glamourös war als Udo Proksch, Dr. Hans-Christian Leiningen-Westerburg. Er stammt aus einem uralten Adelsgeschlecht, sein erster bekannter Vorfahre war Emicho von Leinigen, einer der wenigen berittenen Anführer des zweiten Kreuzzuges und er verdankt dieser Tatsache, dass er zur Minderheit der Überlebenden zählte als die Kreuzzügler noch weit vom heiligen Land entfernt in Ungarn von König Koloman geschlagen und nahezu aufgerieben wurden. Die mehrheitlich unbewaffneten Kreuzzugsteilnehmer waren offenbar ebenso willkommen wie ein Heuschreckenschwarm. Leiningen Westerburg war bei so altem Adel natürlich auch mit dem englischen Königshaus verwandt, er war, wenn ich mich recht erinnere, der Vierzehnte in der Reihe der Thronfolger nach der Queen. Natürlich nur rein theoretisch, denn er war bekennender Katholik, er wünsche sich nicht die ecclesia militans (kämpfende Kirche) sondern die eeclesia triumphans (siegreiche Kirche) erwähnte er einmal in einem Gespräch mit mir. Es verstößt mit einiger Sicherheit gegen EU-Recht, dass laut Gesetz ein Katholik in England nicht König werden darf, aber ich glaube nicht, dass das ein wichtiges Kriterium für den Brexit war. Aber Udo Proksch fühlte sich nicht mehr so sicher, die sogenannte Uranerzaufbereitungsanlage war vor Gericht nicht zu halten, die absurd hohe Versicherungssumme für einen Haufen wertlosen Schrott war ein ziemlich massives Indiz. Außerdem vertraute er als zwar nicht geborener aber hier lebender Binnenländer auf die Weite des großen Meeres und dachte einen Vorteil davon zu haben, dass das im Indischen Ozean liegende Schiff, wie sich später herausstellte, in mehr als 4.000 Metern Tiefe, nicht untersucht werden konnte. Er beantragte daher, die Lucona zu suchen, wie ich glaube, um den Richter mit einer kalkulierten Ablehnung zu einem juristischen Verfahrensfehler zu veranlassen, der ihm nach seiner Verurteilung eine Berufung ermöglicht hätte. Zur Überraschung der Nation stimmt Richter Leiningen Westerburg zu. Zu fünft flogen wir auf die Malediven ansMeer. Hans-Christian Leiningen Westerburg, zwei Sperengstoffsachverständige des Bundesheers, Ingo Wieser und Oberstleutnant Heini Hemmer vom Amt für Wehrtechnik und ein Navigationssachverständiger Gerhard Strasser, Chef der Schiffsbautechnischen Versuchsanstalt in Wien. Und der Fünfte? Der Fünfte war ich. In diesem Fall, weil ich auch bei diesem Prozess der Hauptberichterstatter war, weil ich mich auch mit Richter Leinigen-Westerburg sehr gut verstand, er akzeptierte meinen Standpunkt als bewusster Heide, etwas moderner ausgedrückt, als Agnostiker und weil ich einen ganz guten Camcorder, im nicht so schlechten, mittlerweile eingestellten Super-VHSFormat hatte. An Bord des Suchschiffes gingen nur der Richter und die Experten. Was auf den ersten Blick, vielleicht wie eine Vergnügungsreise wirken könnte, im Schiff von den Malediven in den Indischen Ozean zu fahren, war sicher nicht angenehm. Die vier Männer waren in einem ziemlich engen, heißen auf Deck angeschraubten Container untergebracht, was auf Passagierschiffen im Indischen Ozean aus guten Gründen sonst eher nicht üblich ist. Die Belüftung war nicht klimatisiert erhöhte also noch die Temperatur im Container. Der Schiffskoch hatte sich offenbar bei den Vorräten verrechnet und musste die Besatzung auffordern, den Speiseplan durch Angeln zu ergänzen. So gab es öfter frisch gefangenen Hai für die Donauländer. Sie hätten nicht feststellen können, dass die Haie in Süßwasser eingelegt worden seien, berichteten sie auf meine diesbezügliche Frage. Und als ich ihnen, mein theoretisches Wissen mitteilte, dass Haie vor dem Genuss mehrere Tage in Süßwasser eingeweicht werden müssen, weil der Hai ein so alter und primitiver Fisch ist, dass er den Urin nur über den Körper ausscheiden kann, wirkten sie ziemlich angeekelt, bestätigten aber, der Fisch habe eher streng geschmeckt. Ich war nachträglich ganz froh nicht mit an Bord gewesen zu sein.

VON RADIO UND FERNSEHEN

Ich war inzwischen beim Fernsehen, nicht gerade gern, aber Beförderungen lehnt man eben nicht ab. Man verdiente beim Fernsehen mehr, weil man dort bei gleichbleibendem Gehalt eine höhere Steuerabzugspauschale hatte, ich wurde bald stellvertretender Chef des Inlandsreports, weil mein damaliger Radiochefredakteur, der hochanständige Dr. Rudolf Nagiller der Meinung war, im Radio hätte ich alles erreicht und getan, was möglich war, ich müsse aber noch neue Aufgaben lernen. Ich nütze diese Gelegenheit, um Ihnen ein paar Informationen über Radio und Fernsehen zu geben, die sie ansonsten nicht bekämen, aber vielleicht ganz interessant finden. Dass Radio und Fernsehen von der gleichen Firma, lange vom gleichen Monopol verbreitet werden, hat nur technische Gründe, beide Formen werden gesendet. Inhaltlich haben die beiden Medien wenig miteinander zu tun. Das intellektuellere und informativere Medium ist zweifellos das Radio. Ich habe gern den Satz nachgesagt: „Radio geht ins Ohr, Fernsehen geht ins Auge". Radio hat mehr Sendezeit; ist billiger und wird von den Parteien weniger scharf beobachtet. Die Fernsehnachrichten, das ist die große Kanone, das Radio gleicht eher überlegt eingesetzten MG-Nestern, wenn Sie mir das militärische Bild bitte nicht übelnehmen. Aber die problematischste Angelegenheit, die meistdiskutierte ORF-Geschichte jedenfalls, war ein Radiothema. Die sogenannte Affäre Karl Schranz. Im Stundentakt meldete das Radio den ungerechten Ausschluss unseres Medaillenkandidaten Nummer Eins, und registrierte jede Station seiner unfreiwillig frühen Heimfahrt; der offizielle Anlass war tatsächlich lächerlich:

Ein nicht einmal besonders gelungenes Foto von Karl Schranz in einem von einer Kaffeefirma gesponserten Dress einer Vergnügungsfußballmannschaft. Damit hat Karl Schranz mit Sicherheit nicht gegen irgendwelche sinnvollen Profigesetze verstoßen. Aber die stündlichen Nachrichten führten dann dazu, dass Bruno Kreisky den beliebten Sportler empfing und ihn der aufgeputschten Menge auf dem aus andren Gründen berühmen Balkon auf dem Ballhausplatz vorführte. Nein, nicht weil dort Hitler bejubelt worden war, der stand gegenüber auf dem Balkon der Hofburg.

Mein Misstrauen gegenüber dem Fernsehen war tatsächlich berechtigt, weil dort alles größer und daher auch schwerfälliger und somit wichtiger ist, da schauen die Leute schärfer hin, vor allem die Parteien, unsere nach Gerd Bacher wichtigsten Zuseher. Mein erster Beitrag für den Inlandsreport (Die Sendung hieß Inlandsreport! erhöhte meine ORF-interne Popularität immens, wo immer ich hinkam steckten die Leute die Köpfe zusammen zeigten diskret versteckt auf mich und murmelten hier und da laut genug dass ich es verstehen konnte: „Schau, das ist der Neue, den sie schon nach dem ersten Beitrag wieder aussihaun woin." Es ging um einen Prozess, in dem ein Sachverständiger die Meinung vertreten hatte, dass Haschisch medizinisch gesehen nicht süchtig mache. Ich habe den zentralen Satz des Beitrages noch sinngemäß in Erinnerung: „In Österreich macht sich ja schon verdächtig, wer sagt, dass der Grüne Veltliner mehr süchtig macht, und daher gefährlicher ist, als der Rote Libanese." Der Beitrag löste zwei Kommentare in den Tageszeitungen außerhalb der Fernsehseite aus, was doch eher ungewöhnlich war. Der schmeichelnde, lobende Kurierartikel mündete in den Satz: „Das war wieder einmal typisch für den ORF: diesen sensiblen, klug gemachten Beitrag an einem Tag zu senden, an dem ihn wegen der gleichzeitigen Konkurrenz des Musikantenstadels eh keiner sehen kann." Der Kommentar in den Salzburger Nachrichten war auf Seite Eins abgedruckt und trug den weniger erfreulichen Titel: „Der Hasch Skandal im Fernsehen". Riesenaufregung, alle möglichen Gremien traten zusammen, um über den „Hasch Skandal im Fernsehen" zu beraten. Gerettet hat mich mein damaliger Chef, der Abteilungsleiter Dokumentation, Peter Rabl, der anständigste Mensch, den ich beim ORF kennengelernt habe. Warum er diesen Ruf in der Öffentlichkeit nicht hatte, liegt wohl an seinen häufigen außerehelichen Affären, die deswegen so interessant waren, weil Peter Rabl mit der Tochter des damaligen Generalintendanten Gerd Bacher, Helga Rabl-Stadler, verheiratet war. Peter Rabl nahm die Verantwortung kurzerhand auf sich, weil er als Hauptabteilungsleiter den Beitrag abgenommen und zur Sendung freigegeben habe. Tatsächlich habe ich meinen Posten, zwar nicht im ORF, aber in der Dokumentation, Inlandsreport, wegen eines anderen Beitrages verloren. Das war später, als die Regierung eine Prämie von 7.000 öS einführte, für Autokäufer, die vor der gesetzlichen Pflicht ein Auto mit Katalysator kauften. Um präzise zu sein: es gab keine Pflicht zum Katalysator, sondern lediglich Abgasvorschriften, die damals nur mit einem Katalysator eingehalten werden konnten.

Mein Beitrag war rund um ein simples Rechenbeispiel angeordnet: Weil es für die ganz kleinen, billigeren und schwach motorisierten Autos keinen Katalysator gab, musste ein umweltbewusster Käufer, der auf die Prämie scharf war, eine Preisklasse höher greifen und natürlich war auch der Katalysator nicht gratis, sodass in Summe allein die dafür fällige Mehrwertsteuer mehr betrug als die angebotenen 7.000 öS. Ich brachte das ein wenig hämisch in Relation zur annähernd gleichzeitig eingeführten, auch mit dem Umweltargument begründeten jährlichen Pflicht zur Überprüfung der Abgase, die auch für garantiert abgasfreie Anhänger vorgeschrieben war und verwendete das eigentlich fürs TV zu lange Wort: Budgetsanierungsversuch. Ich wusste ja nicht, dass die Katalysatorprämie eine Idee des dafür später mit dem Umweltministerposten belohnten Informationsintendanten Franz Kreuzer war.

Und Kreuzer war ohnehin schon schlecht zu sprechen auf mich, weil ich in einem vorhergehenden Beitrag der Einführung des Biosprits aus landwirtschaftlichen Abfällen, etwa Zuckerrüben, das Wort geredet hatte.

Ich wurde in den Aktuellen Dienst straf versetzt, weil es dort mehr und besser angepasste Aufpasser gab, wie die Geschichte mit Hans Besenböck zeigt. Kreuzer war übrigens gegen den Biosprit, weil das eine Förderung für die ÖVP-Klientel der Bauern gebracht hätte, nicht, weil bei der Verspritung von Zuckerrübenresten, der seriös klingende Vorwurf erhoben werden konnte, man dürfe doch kein Brot in den Benzintank werfen. Ich habe, natürlich vor laufender Kamera, Biosprit in meinen Autotank geschüttet, mein R4 vertrug den biologischen Treibstoff sehr gut, dass er damit schneller fuhr ist allerdings eine beschönigende, ja verklärende Erinnerung.

Es gab aber noch eine dritte Geschichte, die Kreuzer endgültig auf die Palme brachte. Es ging um die Kosten für den Autoverkehr, auf der Basis einer Studie, die ergab, dass der Staat alles in allem gerechnet, beim Autoverkehr bei jedem verkauften Liter Benzin 10 öS darauf legen musste, im Straßenbau, für die U-Bahn und als höchsten Posten an Unallfolgekosten. Ich befragte dazu den damaligen Finanzminister Franz Vranitzky. Er sagte unter anderem: „Das mag schon alles stimmen, was Sie sagen. Aber für mich ist die Freiheit des Systems das Wichtigste. Und zu dieser Freiheit gehört für mich, dass ich bestimme, womit und wie schnell ich von Wien nach Innsbruck fahre." Ich habe diesen Satz, genauer drei Sätze in meine Geschichte hineingeschnitten und musste dann nach den bisherigen Vorfällen zu Kreuzer gehen, um meinen Beitrag freigeben zu lassen. Kreuzer wurde blass, als er diesen für einen sozialdemokratischen Finanzminister doch ein wenig befremdlichen Satz hörte und meinte. „Das hat es nicht zum Sagen." Ich erwiderte wahrheitsgemäß. „Aber das hat er gesagt, vor deutlich sichtbarer Kamera, Mikrofon, Scheinwerfern, da war kein Leger dabei". Kreuzer schüttelte den Kopf und fügte hinzu: „Ich besorge Ihnen einen anderen Minister, der etwas anderes sagt." „Danke, brauche ich nicht. Mir gefällt der Satz sehr gut." Es waren immerhin nur noch wenige Stunden bis zu zu der Sendung. Trotzdem war ich kurze Zeit später bei einem Interview bei Minister Lacina, damals Verkehrsminister. Ich versuchte noch auszukommen und fragte Lacina, ob er mir sagen könne wie sich das Defizit des Autoverkehrs zum ÖBB-Defizit verhalte. Das konnte oder wollte er nicht, auf diese Frage war er nicht vorbereitet, aber er wurde den geplanten Sermon los, wie wichtig der Umweltgedanke in der Verkehrspolitik sei. Und dann, man musste wohl meine gereizte Stimmung bemerkt haben, fragte der immer freundliche Lacina. „Warum sind Sie denn heute so grantig?" Meine Antwort war unüberlegt und ORF-schädlich. „Glauben Sie; ich bin freiwillig hier. Ich bin nur hier, weil Ihr Freund der heimliche Regierungssprecher es mir angeschafft hat". Lacina zog, was er nur in Ausnahmefällen tat, seine Brille über die Nase nach unten und sagte. „Glauben Sie, mir geht es anders ?" Der Portier im ORF-Zentrum empfing mich mit der Bemerkung: „Der Herr Intendant Kreuzer hat schon mehrfach angerufen. Sie sollen sofort zu ihm kommen." Sie werden verstehen, dass ich keine hohe Meinung von Franz Kreuzer hatte und habe. Ich habe einmal zu einem Kollegen zu den damals relativ häufigen Interviews Kreuzers mit prominenteren Wissenschaftern den Satz geprägt: „Franz Kreuzer bestraft seine Gäste dafür, dass sie mit ihren unwichtigen Antworten seine klugen Fragen unterbrechen." Ich habe diesen Satz ziemlich wörtlich dann einmal in einer Fernsehkritik gelesen, wurde aber Gott sei Dank nicht als Urheber genannt.

Schon in der Woche nach meinem Termin mit Kreuzer war ich am Aktuellen Dienst des Fernsehens. Es war entsetzlich, vorher die leichte Live-Berichterstattung im Radio und hier die schwerfällige, komplizierte Suche nach Bildern.

Im Fernsehen hingegen steht das Bild natürlich stets im Vordergrund. Das Maximum, was ein guter Text leisten kann, ist nicht gegen das Bild zu sein, dem Bild nicht im Weg zu stehen. Ich erinnere mich, als es aufgrund anhaltend schlechten Wetters keine Tomaten aus dem Burgenland gab. Natürlich brauchte auch diese nur wenige Sekunden lange Meldung einen Bildhintergrund. Dafür zahlte es sich nicht aus, mit einer Kamera auszurücken, es wurde ein Bild aus dem Archiv verwendet. Zumm illustrativen Beleg der Tatsache, dass es keine Tomaten gab, zeigte also das Fernsehen Tomaten, wie bei einem Archivbild nicht anders zu erwarten, ganz besonders prächtige, pralle rote Früchte in vollen Steigen am Naschmarkt. Und die Meldung über einen Zwischenfall im Atomkraftwerk Tschernobyl ging erst einen Tag später auf Sendung, weil wir natürlich kein Bild davon im Archiv hatten. Ich nütze die Erwähnung Tschernobyls, um über einen Mann zu erzählen, der zwar nicht Politiker im engeren Sinn war, aber Chef eines wichtigen staatlichen Unternehmens war. Ich rede vom Generaldirektor des Verbundkonzernes, Dr. Walter Fremuth, offizieller Titel Bundeslastverteiler, das ist nicht ironisch gemeint. Für viele meiner Bekannten, ja Freunde in der Umweltschutzbewegung war Fremuth so etwas wie ein Feindbild, das war er für mich nicht. Ich schätzte ihn als kompetenten, integeren Manager mit über seinen Beruf weit hinausgehendem Überblick. Ich verdanke ihm einen der härtesten Sätze eines Interviewpartners, die ich je auf Sendung bringen konnte. Ich fragte Fremuth nicht direkt nach dem – etwa ein Jahr später, ob Tschernobyl seine Einstellung zur Atomenergie verändert hätte. Fremuth sagte (ziemlich wörtlich, wenn mich mein Gedächtnis jetzt nicht im Stich lässt.) „Das Ereignis Tschernobyl hat meine Haltung zur Kernenergie nicht verändert, weil Tschernobyl ja kein Werk war, bei dem es vorrangig um die Erzeugung elektrischer Energie ging. Tschernobyl hatte, wie wir alle wissen, eine ganz andere Funktion." Brauchen Sie wirklich die Übersetzung? Fremuth meinte damit: „Tschernobyl war ein reine Plutoniumfabrik zur Erzeugung von Atomwaffen."

ICH WERDE SELBSTÄNDIG,
EINE FRAGE AUCH DER TECHNIK

Zurück auf die Malediven, diese ganz Geschichte muss ich jetzt sehr eng zusammenfassen, denn wenn ich alles erzählte, was dabei passierte, wird das länger als ich mir dieses Buch vorstelle. Natürlich war Udo Proksch ein Verbrecher, in zweiter Instanz zu lebenslanger Haft verurteilt, sehr lange dauerte es nicht mehr, obwohl er im Gegensatz zu anderen nicht begnadigt und vorzeitig entlassen wurde. Er starb 2001 im Gefängnis in Graz. Aber was ihm passierte, das war schon Pech, da langt es zwar nicht ganz, aber fast bis zum Mitleid. Bei Beginn der Suche nach der Lucona brach der Golfkrieg aus und die USA entfernte alle in ihren Navigationssatelliten eingebauten Sperren, damit sie präzise ihre Bomben über dem Irak abwerfen konnten. Also nicht der von Österreich zum illegalen Waffenhandel benützt Krieg Iran-Irak. Sondern der Überfall Sadam Husseins auf Kuwait und der Einsatz der Amerikaner zur Befreiung Kuwaits. In dieser Zeit entstand die berühmte Szene, in der der Bombenschütze den Piloten angesichts der drei Schornsteine einer Fabrik fragt, in welchen Schornstein er seine Bombe werfen solle. Und der Pilot: „In den mittleren." Der Bombenschütze: „Das ist leicht." Und dann sieht man die Bombe in den Kamin fallen und Sekunden später fliegt die Fabrik am Boden in tausend Fetzen. Das ist natürlich eine Fälschung. Sie dürfen selbstverständlich gerne fake sagen, aber es ist ja nicht notwendig. Aber eine maritime Navigation auf den Meter genau war eben doch möglich, weil die USA alle Sperren in ihrem Satellitensystem für ihre Piloten aufgehoben hatte und das System natürlich allen Benutzern zur Verfügung stand. Und das konnte ein Wiener Cafetier und Versicherungsbetrügerneuling nicht voraussehen. Auf den Punkt genau lag die Lucona dort im Indischen Ozean, wo es der Nautikexperte errechnet hatte. Sollten Sie je in Ihrem Leben Fernsehbilder von der Suche nach der Lucona gesehen haben, dann müssen die Bilder von mir stammen, eine andere TV-Kamera war nicht dabei. Und ich war mit meiner privaten Amateurkamera dabei, weil dem ORF die Entsendung eines üblicherweise drei Mann (neuerdings sind auch öfter Frauen dabei, in Redaktion und Technik) starken Teams (Redaktion, Kamera und Ton) einfach zu teuer war. Kaufmännisch hat der ORF richtig gehandelt, das internationale Interesse an der Luconageschichte war so groß, dass der ORF seine Rechte an den Exklusivbildern mehrfach relativ teuer verkaufen konnte. Leichtere Camcorder für Profis, in überragender Bild- und Tonqualität kamen erst viel später, erst in digitaler Zeit. Und nach meiner Erinnerung waren die Profiausrüstungen zu diesem Zeitpunkt schon nicht mehr ganz so schwer wie meine, aber ein Mann oder eine Frau alleine, hätte damit nicht umgehen können. Geborgen wurde die Lucona übrigens nie, dafür war das Schiff der US-Firma Eastport-International nicht geeignet. Die Suche war auch so schon teuer genug, so teuer, dass sie aus Budget-Gründen ins folgende Jahr (1991) verlegt werden musste. Das Angebot der Eastport International lag bei 20 Millionen, wir reden immer noch von Schilling aber letztlich kostete die Aktion dreißig Millionen, weil die Suche verlängert und erweitert wurde. Es gab nur Fernsehbilder des Wracks mit Unterwasser Kameras gefilmt. Darauf sah man, sagten die Experten, eindeutig, dass die Lucona von innen gesprengt worden sei, an einer Stelle, wo laut Schiffsbauplan ein Laderaum war und andere Ladung hatte das eher kleine Schiff nicht. Wie Udo Proksch oder einer seiner Helfer die Lucona gesprengt hatte wurde nie geklärt, vermutlich erhielt Udo Proksch deswegen in erster Instanz nur eine befristete Freiheitsstrafe (20 Jahre). Erst das Obergericht entschied: Wenn schon schuldig, dann des sechsfachen Mordes (sechs der zwölf Matrosen der Lucona) und dann lebenslang. Denn der Versicherungsbetrug war eindeutig geklärt und es wurde nie jemand anderer gefunden, der ein Interesse am Untergang der Uranerzaufbereitungsanlage gehabt haben könnte. Alle Gerüchte über Geheimdienste aus dem Nahen Osten oder gar von den Großmächten, Gerüchte kosten ja nichts, erwiesen sich als Räuberpistolen. Etliche dieser Geschichten wurden von Udo Proksch noch aus dem Gefängnis veranlasst. Eigentlich sind wir ja im Kapitel Technik, daher noch eine Ergänzung. Die Suche wurde verlängert und kostete letztlich 30 Millionen Schilling wie gesagt Sie wurde auch deswegen verlängert, weil Hans Christian Leinigen-Westerburg in einem Interview mit mir gesagt hatte, „Wenn wir das Schiff nicht finden ist das auch ein Ergebnis". Das wurde kurz vor beginn der Suche gezeigt, ich habe eine Super-VHS-Kassette mit Bildern von den Malediven, den vier Männern und dem Suchschiff mit dem Flieger nach Wien geschickt. Jetzt wollte er die sofort laut gewordenen Gerüchte entkräften, er wolle das Schiff gar nicht finden, Proksch die Morde an den mit dem Schiff gesunkenen Matrosen erlassen und ihn nur wegen des offensichtlichen Versicherungsbetruges mit einer begrenzten Strafe davon kommen lassen. Die Suche dauerte also wesentlich länger als geplant, was den gesamten Prozess gefährdete. Denn in Österreich darf ein Geschworenenprozess nicht zu lange (maximal 30 Tage) unterbrochen werden, weil sonst die Gefahr besteht, das sich die Damen und Herren Geschworenen nicht mehr ausreichend erinnern können. Das Wrack der Lucona wurde ganz woanders gefunden als ursprünglich gedacht, am letzten juristisch möglichen Tag der Suche. Es war also klar, dass der Prozess am folgenden Montag fortgesetzt werden musste, wenn er nicht aus den genannten Gründen platzen sollte. Ich hatte bei der Firma Eastport-International recherchiert, dass die Aufnahmen der Unterwasserkameras auf dem damals modernsten und daher noch seltenen Amateuerformat Hi8 aufgenommen wurden, allerdings in der in den USA üblichen Fernsehnorm NTSC, was die hochmütigen Europäer gerne mit „Never The Same Colour" übersetzen und ist so schlecht, dass nicht erklärlich ist, wie die Amis ihre ja oft riesigen Bildschirme ertragen. Tatsächlich heißt es „National Television System Comittee". In Europa gilt PAL oder Secam oder auch eine Kombination aus beiden. In Österreich hätte niemand die Aufnahmen sehen können. Ich ersuchte also meinen in den USA lebenden und arbeitenden Kollegen Eugen Freund, mir so schnell wie möglich einen Hi8 NTSC Recorder zukommen zu lassen. Ich holte Leiningen am Flughafen ab und informierte ihn dementsprechend. Schon kurze Zeit später bekam ich im ORF-Zentrum Besuch von einem jungen Mann, der mir, wenn ich mich recht erinnere, drei TV-Kassetten brachte. Er gab mir die Kassetten in die Hand und schaute mich erwartungsvoll an. Auf die Frage, was ich noch für ihn tun könne, erklärte mir der junge Mann, er sei Richter und müsse aufpassen, dass ich keine unerlaubten Kopien zöge. Ich lachte ihn aus: „Glauben Sie im Ernst, dass Sie bemerken, wenn ich zwei Kopien im Fernsehzentrum ziehe. Und im Übrigen, was heißt unerlaubt. Natürlich werde ich eine zweite Kopie machen, weil Sie ihre Kopie heute im Gericht brauchen, ich aber für unsere heutige Sendung schneiden muss. Ich werde also ganz sicher zwei Kopien ziehen lassen, eine auf Amateurmaterial für Sie, eine professionelle für uns." Der junge Richter war einen derart respektlosen Umgang offensichtlich nicht gewohnt und merkte relativ schüchtern an: „Das ist aber nicht erlaubt." Ich war ein wenig perplex: „Wenn ich nicht kopiere, sehen Sie heute im Gericht nichts und der Prozess ist geplatzt. Also ich kopiere nicht und Sie sehen nichts. Oder ich kopiere, Sie sehen und ich schneide." „Aber, das ist Erpressung" kam es schon ein wenig stotternd zurück. Jetzt hatte ich wegen meiner sonst längst vergessenen zwei Semester Jusstudium Oberwasser. „Passen Sie auf, was Sie sagen. Sie werfen mir ein strafbares, verächtliches Verhalten vor, das ist strafbar, ich werde Sie klagen." Natürlich war das lächerlich, es wäre um Ehrenbeleidigung gegangen und Ehrenbeleidigung setzt eine in diesem Fall nicht gegebene Öffentlichkeit voraus, aber mein Verhalten genügte, den jungen Mann einzuschüchtern. „Gut, wenn Sie es so sehen." Aber das war schon im Abklingen.

Der Prozess wurde bekanntlich fortgesetzt und kurz darauf abgeschlossen und die ORF-Seher sahen fast gleichzeitg mit den Geschworenen die gesprengten Reste der Lucona.

Jetzt sind Sie mir schon ziemlich weit gefolgte in den technischen Überlegungen. Also Radio ist schneller, billiger, einfacher, intellektueller. Meine Stärke war immer der Text. Mein im Radio geschulter Stil fiel auch im Fernsehen auf und ich wurde einige Male gebeten, Kurse über richtiges und journalistisches Deutsch zu halten, was nur im theoretischen Idealfall dasselbe ist. Der damalige Leiter der ORF-eigenen Abteilung Berufsaus und Fortbildung, Gerhard Vogl bat mich, ein Buch zu diesem Thema zu verfassen, das er den jungen Kollegen in die Hand drücken könne. Das tat ich und Gerhard Vogl fand derart Gefallen an dem Werk, dass er mich dafür belohnen wollte. Da ich das Buch aber in meiner Arbeitszeit geschrieben hatte, konnte es dafür kein Extrageld geben. So kam er auf die Idee, das ursprünglich nur für den internen Gebrauch gedachte Büchlein einem journalistischen Fachverlag anzubieten. Dafür konnte ich natürlich ein Honorar erhalten. Aber auch der Verleger musste das nicht bereuen. Das Büchlein war in sehr kurzer Zeit vergriffen, wahrscheinlich ist es nur in sehr geringer Auflage erschienen. Wie hoch die Auflage war, weiß ich nicht, weil ich nicht pro verkauftem Buch sondern pauschal bezahlt wurde. Was hätte also näher gelegen, als mich in meiner selbstständigen Tätigkeit auf das Radio zu konzentrieren. Jetzt brauche ich nur noch einen kurzen Umweg, dann erzähle ich es Ihnen, wenn Sie es dann noch wissen wollen. Wenn <u>Sie</u> es nicht interessiert, müssen Sie halt ein paar Seiten überblättern.

Da ich aufgrund der erwähnten Auslandsreisen nicht mehr rein innenpolitisch tätig war, bin ich noch einige mal beruflich ins Ausland gefahren. Und Sie kennen die alte Redensart, dass einer was erzählen könne, wenn einer eine Reise tut oder tat. Und das tat ich eben auch. Und es ergab sich, dass zwei Mitglieder meiner etwas erweiterten Familie Malteser Ritter waren. Die haben keinerlei militärische Funktion mehr, sind eine international tätige Hilfsorganisation, ohne die Publizität und wohl auch ohne die Mittel ihrer großen bekannteren Kollegen. Sie beschwerten sich bei mir, nicht böse natürlich, aber doch ein wenig bekümmert, dass die größeren, oft parteinahen Verbände für jede Keksdose bejubelt würden, um sie kümmere sich kein Mensch, was es immer schwieriger mache, Spender zu finden. Ich reagierte etwas leichtfertig „Ladet mich ein und ich werde sehen, was ich tun kann." Die Einladung kam kurze Zeit später. Es sollte mit einem Flugzeug mit Hilfsgütern nach Diarbakir in der Osttürkei gehen, dort gab es in der Nähe der türkischen Grenze Zeltlager mit aus ihrer Heimat im Irak vertriebenen Kurden. Das Team solle allerdings nicht zu groß sein, weil man jedes Gramm und jeden Platz für die Hilfslieferungen brauche. Ich bot mich mit meiner Amateurkamera an und meine Verwandten reagierten begeistert, als ich ihnen erzählte, dass ich damit die Suche nach der Lucona gefilmt hätte. Also ging es los. Mit dem Zug nach Budapest von dort mit einer ungarischen Maschine nach Diarbakir. (Für Diarbakir kann ich Ihnen keine Aussprache anbieten, weil es auf Türkisch mit Buchstaben geschrieben wird, die es im Deutschen nicht gibt. Ein kleines i, ohne Punkt darauf, hat in der Aussprache fast nichts mehr mit einem Vokal zu tun, kann also nicht betont werden. Ungefähr „Djárbakr".) Ich achtete drauf, möglichst häufig ein Symbol der Malteser im Bild zu haben und nicht die größeren Lieferungen der SPÖ-nahen Volkshilfe in Lastwagen, natürlich erst am Ort des Geschehens. Mit meinem kleinen Amateurcamcorder hat mich in der Osttürkei niemand so richtig ernst genommen auch wenn es ein bei Amateuren nicht so üblicher Schultercamcorder war. Trotzdem gelang es mir nach langem, Raunzen, mit einem Hubschrauber der Deutschen Bundeswehr zum Flüchtlingslager mitzufliegen, um die geflohenen Kurden ins Bild zu bekommen, um die es ja schließlich ging. Es war niederschmetternd, wie das Flüchtlingslager vermutlich immer und überall sind. Ich konzentrierte mich auf die Gesichter der Kurden, weil man am Zustand der Zähne gut erkennen kann, was für Leute man vor sich hat. Gepflegte, säuberlich reparierte Zähne erzählen klarerweise eine andere Geschichte als löcherige halbverfaulte Gebisse. Nun, die Kurden passten nicht zu den Zelten, die ja nicht auf einem Campingplatz standen. Mir fielen viele am ganzen Körper verbundene Kinder hauptsächlich Buben auf. Auf mein Fragen erfuhr ich, dass in dem kalten Zelt inmitten von Schneewechten nur mit offenem Feuer geheizt werden konnte und die schlafenden Kinder sich oft bei ihrer Suche nach Wärme im Feuer verbrannten. „Und warum so viel mehr Buben?", fragte ich in der Angst, auch bei den betont männlichen Kurden in der Osttürkei einen Beitrag zur Emanzipation und der höheren Intelligenz oder auch nur dem höheren Wärmebedürfnis der sensibleren Mädchen zu hören. „Ah ba", sagte ein der Kurde und machte mit offener Hand eine Bewegung als wolle er etwas wegwerfen. Die deutschen Sanitäter übersetzten mir, bei den Mädchen zahle es sich nach Ansicht der Väter oft nicht aus, sie zusammenzuflicken, sie machten später dann nur Probleme wegen der nötigen, teuren Aussteuer. Auf dem Rückflug in die Stadt filmte ich Kilometer lange, etwa 50 Zentimeter hohe Haufen an den Straßen, die aus weggeworfenen Kartoffeln bestanden. Weil es nicht mehr so viel Schnee gab, hatten die Kurden nicht mehr genügend Trinkwasser, weil sie den nahen Fluss auch zum Waschen der Wäsche, der Teppiche und als Toilette brauchten und außerdem viel zu wenig Holz hatten, um Kartoffeln weichzukochen. Sehen Sie das Bild? In der ja nicht unentwickelten oder gar hungernden Osttürkei werfen Menschen Kartoffeln weg, die mit dem Lastwagen aus Österreich gebracht wurden, weil die Hilfeempfänger die Kartoffeln nicht kochen konnten und man rohe Kartoffeln nun mal nicht essen kann.

Da wird Hilfe zur Farce, mit der Hälfte des Geldes, die der weite Transport und die Kartoffeln gekostet hatten, hätte man die hungernden Menschen wochenlang aus dem Land versorgen können. Denn dass sich der türkische Staat nicht für die Verpflegung kurdischer Flüchtling verantwortlich fühlte, musste ja jedem klar sein. Aber gegen Geld hätten die lokalen Händler alles Benötigte geliefert.

Auch dieser von mir mit dem Amateurgerät gefilmte Beitrag wurde gesendet und meines Wissens auch verkauft und ein von mir sehr hoch geschätzter Kameramann sagte nach der Ausstrahlung zu mir: „Des host net Du gfülmt und scho gor net mit dem Gräuwi." Noch ein Detail aus meiner Erinnerung an Diabakir. Den Rückflug legte ich wieder in einer ungewöhnlich gestalteten Privatmaschine zurück. Es war eine Düsenmaschine mit zwei Motoren, weil damit auch der Atlantik überflogen werden musste, wofür man gesetzlich vorgeschrieben zwei Motoren haben musste. Besitzer war ein offenbar recht wohlhabender italienischer Malteserritter mit Besitz in Europa und Amerika, der auch etwas für die Kurden tun wollte und ein paar hundert Kilo italienischen Kaffee aus seiner Maschine ausladen ließ. Er kam nicht im Fernsehen vor, auf jeden Fall nicht im ORF. Auch in seiner Maschine waren die vorderen Sitze ausgebaut und in diesem Fall durch eine bequeme Wohnzimmersitzgruppe ersetzt. Auf dem Rückflug beschloss der mit Conte (Graf oder auch Fürst) angesprochene Flugzeugbesitzer, seine jungen Freunde aus Österreich, noch in Istanbul auf einen Abend mit Bauchtanz einzuladen. Weil ich dafür nicht in Stimmung war, verließ ich die Maltesergruppe in Istanbul und flog mit einer Linienmaschine nach Wien. Verbrannte Kinder und Bauchtanz, diese Spanne war mir zu groß, um sie am selben Tag zu sehen.

Das war der inoffizielle Beginn meiner Produzententätigkeit. Ich hätte nicht gedacht, dass es so einfach geht. Was ich nicht wusste: Amateurkameras gaben damals die Bilder schön gerechnet wieder, sie verziehen und korrigierten Fehler eher, als die gnadenlosen Profigeräte. Und einen Fernsehfilm zu machen ist so, wie ich mir zwangsläufig sehr theoretisch, vorstelle, ein Kind zu gebären. Wenn da was Schönes, Stimmiges dabei herauskommt, wenn Text, Bild und Ton eine innige Verbindung eingehen, vermittelt das ein starkes Glücksgefühl, auf das man schnell süchtig werden kann. Dann geht es nicht in erster Linie um den Broterwerb sondern um das Werk um seiner selbst willen. Es ist gut und das ist genug. Das gilt natürlich nur, wenn man selbst gefilmt hat. Natürlich können professionelle Kameraleute das besser, aber man hat ja auch an eigenen Fotos mehr Freude als an der Profiarbeit. Ich kann leider nicht behaupten, dass alle meine späteren Filme diesem Anspruch genügt hätten, aber ich musste ja leben, Weib und Kind ernähren, Schulden zahlen und alles das, was Sie zur Genüge kennen und ich Ihnen daher nicht aufzählen muss.

Wie Sie vielleicht schon bemerkt haben, neige ich zum Bildungsbürgertum, man könnte sagen, ich bin ein Bildungsbürger kat exochen (ungefähr schlechthin, gesprochen katexochín, letzte Silbe betont). Hier und da gelang es mir damit, eine der von mir verabscheuten Pressekonferenzen abstürzen zu lassen. Ich erinnere mich gerne an eine PK (Berufsslang für Pressekonferenz) des Generalsekretärs der Industriellenvereinigung Prof hc. Herbert Krejci, eines glühenden Anhängers der in Österreich seit der Volksabstimmung verbotenen Atomenergie. Er dozierte: „Für mich besteht der gleiche Unterschied zwischen Ökonomie und Ökologie wie zwischen Astronomie und Astrologie." Ich meldete mich zur ersten Frage: „Herr Professor, wollen Sie damit sagen, dass Sie vollendet haben, woran Goethes Faust und die Bibel gescheitert sind? Was war nun wirklich am Anfang? Und was genau ist der Unterschied zwischen nomos und logos?" Was immer er bei dieser PK noch und wahrscheinlich eigentlich sagen wollte, wurde nie bekannt. Das Gerede der Kollegen und seine stammelnden Erklärungsversuche verhinderten, dass von dieser Veranstaltung irgendetwas auf Sendung ging oder gedruckt wurde. Und einmal habe ich mich im Parlament ähnlich oberlehrerhaft verhalten. Der Chef der oppositionellen ÖVP Dr. Josef Taus warf der regierenden SPÖ vor, mit ihrem Latein am Ende zu sein. Warum er das tat, weiß ich nicht mehr, ist aber auch nicht wichtig, war ja nicht das einzige Mal. Zur Antwort trat der damalige Klubobmann der SPÖ der spätere Bundespräsident Dr. Heinz Fischer an. Er endete mit dem Satz; „Quo usque tandem[2], Josephus, abutere patientiam nostram?" Das war noch in der Radiozeit und das Radio hatte, wie erwähnt ein kleines Studio neben der Sprecherkabine im

Parlament, aber dort natürlich keine lateinische Grammatik. Ich musste mich also auf mein Gedächtnis verlassen. Ich spielte also Fischers Zitat als O-Ton (das verstehen Sie auch ohne Erklärung) und fügte hinzu: „SPÖ-Kluobmann Fischer also nicht mit seinem Latein am Ende, aber mit Problemen mit der lateinischen Grammatik.". Es war kein Versprecher Fischers, er hat es auch schriftlich so hinterlassen, an einem Ort, an dem man (ich) es bei ihm nicht vermutet hätte: Im Gästebuch des CLUB 45. Die Übersetzung: Wie lange noch (im Original: Catilina) wirst Du unsere Geduld missbrauchen?Das lateinische Problem war, dass abutere nicht wie im Deutschen den Akkusatiob sondern den Ablativ verlamgte.

So das war meine Zeit beim ORF, die Zeit in der ich aufgrund meiner fallweisen Auftritte als Grüßaugust (Moderator der Sendung Inlandsreport) eine Person öffentlichen Interesses war. Das ist keine Selbstüberschätzung, das schließe ich daraus, dass über mich in so unterschiedlichen Medien wie „Wochenpresse", „Die ganze Woche" und „Täglich alles" berichtet wurde, als ich den ORF verließ. Dazu ein Rückgriff auf das vorige Thema: Ich war schon einige Jahre beim Fernsehen und war auch einige Male als Moderator aufgetreten, da passierte es mir ein paar Mal, dass ich auf meine Stimme angesprochen wurde. „Heans eana Schdimm kenn I, san Se bein Radio?" Mit meinem Gesicht ist mir nur das nur zwei Mal passiert und da war es irrtümlich, ich wurde in beiden Fällen mit Elmar Oberhauser verwechselt, auf den ja auch meine Kurzbeschreibung in der ganzen Woche gepasst hätte: „Der bärtige Bulle mit der Bassstimme."

Sie werden keine Schwierigkeit haben, mir zu glauben, dass es keine Koketterie ist, wenn ich sage, ich bin nicht stolz darauf, es ist nur die Überleitung zum zweiten Teil, meiner Zeit als selbstständiger Produzent, in dem ich einen möglichst großen Teil des Jahres in Südgriechenland lebe. Ich konnte mit meinen Kameras längst nicht bei allen technischen Entwicklungen der digitalen Videoproduktion mithalten und kann daher nicht mehr für das Fernsehen produzieren. Was ich noch kann, ist amateurhaft Geburtstage, Hochzeiten, Taufen filmen und professionell schneiden. Die sichtbare Freude und Dankbarkeit der Gezeigten ist ein fast vollwertiger Ersatz für die erlebten Glücksgefühle als Profi. Und am Anfang ging es noch, solange ein größerer Teil der Welt noch analog war, konnte ich mithalten. Es gab schon noch ein paar Produktionen für den ORF, wie ich schon erwähnt habe. Filmen am Ort des Geschehens, schneiden und fertig machen in Wien, das nütze ich jetzt als Ausrede. Weil ich immer nur teilweise in Griechenland sein konnte, kann ich noch immer nicht genug Griechisch, natürlich auch, weil es mir in meinem Alter nicht mehr so leicht fällt Sprachen zu lernen. Und ich brauche es auch in Griechenland nicht so dringend. Im ärmeren Norden Griechenlandes gibt es in den meisten Familien einen ehemaligen Gastarbeiter, man spricht also deutsch. Bei uns im Süden gibt es die weiter verbreitete Gleichmacherei des Tourismus, man spricht also englisch. Wenn Sie wollen, erzähle ich Ihnen aber mehr über Griechenland, als über meine mittlerweile ausgelaufene Tätigkeit als Reporter, Griechenland ist das bessere Thema. Doch bevor es endgültig um mein Privatleben geht, muss ich doch fairerweise nachholen zu erzählen, was nicht mehr so viele können. Meine Meinung zu den zahlreichen ORF-Chefs, früher Generalintendanten heute Generaldirektor. Für mich gab es nur einen, der wirklich zählte. Was Kreisky für die Politik bedeutete, war Bacher für den ORF. Er machte ihn, den ORF, mehr als nur scheinbar größer, als es dem Land zukommt. Wenn ich daran denke, dass die Schweiz und Bayern mehr Einwohner haben als Österreich und dann bei uns drei, richtig gerechnet 12 TV-Programme, gleich viele Radioprogramme, Präsenz im Internet, Teletext, schon allerhand. Das Problem am Fernsehen ist, je weniger Seher desto weniger Beitragszahler, die Produktions- und Korrespondentennetzkosten hingegen sind unabhängig von der Zahl der Teilnehmer und Zahler. Natürlich wollten die Roten einen Mann loswerden, der seine politische Einstellung einmal so definierte: „Ich bin der Chef einer konservativen Ein-Mann-Partei mit strikter Aufnahmesperre." Einmal erwies sich einer seiner Nachfolger überraschenderweise als Segen für den ORF: Der als Justizminister vorgesehene, aber auch an Lucona und Proksch gescheiterte Dr. Otto Oberhammer. Er hat sich aus Unsicherheit nicht getraut, Ideen zu verhindern, die aus dem Unternehmen kamen und so entstanden die international bekannten und auch nachgeahmten Formate: ZiB 2 und Club 2. Aber jetzt ist es Zeit, dass ich aus dem Haus gehe. Wir haben heute den 16. Jänner und es ist draußen wesentlich wärmer als drinnen, in meinem, wie erwähnt, nur vom Computer erwärmten Arbeitszimmer. Ich werde die nun folgenden Briefe aus Griechenland in der so altmodisch wirkenden Schrift, Courier schreiben, dass Sie ständig sehen, dass wir jetzt im vorigen Jahrhundert sind. Es ist mir schon klar, dass diese Schrift weniger leicht zu lesen ist, darum ist sie ja aus der Mode gekommen. Aber für Sie ist es so hoffentlich leichter, weil ich meine Briefe damals nicht datiert habe und die Daten nicht mehr rekonstruieren kann. Also folgen Sie mir nach Griechenland: Wenn ich meinen Freund Peter mit Du anrede, werde ich das wie gewohnt mit Großbuchstaben tun und ich bin nicht gesonnen, mir diese Form der Wertschätzung von irgendwelchen Kommissionen verbieten zu lassen. Ich weiß, dass man die Wertschätzung ausdrückende Großschreibung nur beim geschäftsmäßigen Sie verwendet, das ist vermutlich eine der gar nicht unwesentlichen Ursachen, für die Krisen, in denen wir stecken.

IN GRIECHENLAND

Eigentlich wollten wir ganz nach Griechenland übersiedeln. Aus Kosten- und klimatischen Gründen. Damals war Griechenland das wärmste und billigste Land der EU. Das wärmste ist es geblieben, von das billigste kann leider keine Rede mehr sein. Trotzdem kann ich noch die Preisvorteile spüren, denn ich rauche und in unserem Ferienhaus brauchten wir nicht nur beim Bau, sondern auch später immer wieder Handwerker, von Automechanikern rede ich gar nicht, weil die Produzententätigkeit kein neues Auto erlaubte. Und die Kosten für die Handwerker erlauben es, hierzulande ein Auto ziemlich lang zu fahren und das ist auf jeden Fall billiger und ökologischer, auch wenn die neuen Kübel weniger Sprit brauchen als die alten. Aber ich musste erfahren, dass ich als Pensionist nicht in Griechenland leben durfte, EU hin oder her. Meine Frau hingegen als ehemalige Staatsangestellte, als Deutschprofessorin wie erwähnt, hätte es gedurft, obwohl meine Frau die ihr angebotene Pragmatisierung aus prinzipiellen Gründen immer abgelehnt hat. Das kostet sie zwar mehr als die Hälfte der Pension, die ihr nach der ihr angebotenen, aber eben abgelehnten Pragmatisierung zugestanden wäre, aber letztlich halte ich es auch für wichtiger, nicht gegen die eigenen Prinzipien zu verstoßen, als einige Euro mehr. Mir ist schon klar, dass es eine Anmaßung ist, meine nicht pragmatisierte Frau Professorin zu nennen, aber sie wurde in ihrer Schule immer so angesprochen, weil die Schüler das mit der Pragmatisierung vermutlich eher nicht wussten.

Und in der Funktion war sie es ja auch. Ich könnte mich jetzt über die Vorteile der meist privilegierten Berufsgruppe in Österreich aufregen, der vom Bund bezahlten Mittelschullehrer, aber ich ziehe es vor, Sie darauf hinzuweisen, dass der ORF entgegen einer weitverbreiteten Meinung eben doch kein Staatsfunk ist. Jetzt ist es nur ein Ferienhaus, aber es erlaubt uns trotzdem, länger in Griechenland zu sein, als es mit Hotelaufenthalten finanziell möglich oder auch nur angenehm wäre. Und wir können es uns leisten. Einen Winter zu heizen, kostet ein bisschen mehr als 200 Euro, der Strom kostet gar nichts, weil wir mit unserer kleinen Photovoltaiknlage im sonnigen Griechenland mehr Strom produzieren als wir verbrauchen, denn wir produzieren immer und verbrauchen eben nicht immer und einen der wesentlichen Gründe, der das Leben in Österreich teuer macht, gibt es hier nicht: Es gibt bei uns am Land keine Schaufenster. Als das mit den Filmen fürs Fernsehen hauptsächlich aber nicht nur aus technischen Gründen immer weniger wurde, habe ich mich nach anderen Einkommensmöglichkeiten umgesehen und Briefe aus Griechenland geschrieben, mit dem Ziel sie veröffentlicht zu sehen. Aus Gründen, die nicht hierher gehören, ist mir das nur einmal gelungen. Ihre Zustimmung stillschweigend vorausgesetzt füge ich sie jetzt hier an. Sie können daraus mehr über Griechenland lernen, als in vielen Urlauben in Hotels oder Clubs. Warum nicht mehr Briefe erschienen sind, ist kein dunkles Geheimnis, es lag schlicht daran, dass die Zeitung, die sich durchaus interessiert gezeigt und den ersten Brief auch tatsächlich abgedruckt hatte, zu existieren aufhörte. Sie haben möglicherweise eine Ahnung, was Sie erwartet, wenn ich Ihnen den Namen der Zeitung verrate: es war das kurzlebige, von dem unkonventionellen Wiener ÖVP-Stadtrat Jörg Mauthe herausgegebene Wiener Journal. Und das Blatt hat den zu frühen Tod seines weit über die Parteigrenzen geschätzten Herausgebers nicht lange überlebt. Das Andenken an Stadtrat Jörg Mauthe veranlasst mich, ein paar Worte über den Mann zu schreiben, der Mauthe zur ÖVP gebracht hatte. Dr. Erhard Busek, er war der einzige ÖVP-Chef, der wenigstens in der Beliebtheit bei Journalisten in die Nähe Kreiskys kam. Auch er ein Fremdkörper in seiner Partei, ein liberaler städtischer Intellektueller in einer traditionell sonst von Funktionären aus dem NÖ-Bauernbund dominierten Partei. Er wurde bekannt als Generalsekretär unter Parteichef Dr. Josef Taus, er selbst bezeichnete dieses neue Führungsduo so: „Zwa kalte Knachwürscht mit Brille". Es war ziemlich wenig überlegt von der Volkspartei, Busek gegen den in Wien unschlagbaren Zilk in die Wahlschlacht zu schicken und damit zu verbrennen.

Die Briefe sind in unserer Anfangszeit in Griechenland entstanden, als wir noch zur Miete wohnten und länger in Österreich oder sonst wo im Ausland waren, aber dann wurden wir mit der ersten Fiktion Griechenlands konfrontiert. Die Griechen behaupten, dass ihre meist eher kleinen Steinhäuser ideal für ihr Klima seien: Kühl im Sommer und behaglich warm im teilweise überraschend kühlen Winter. Das Gegenteil ist wahr. Sie sind, weil in der Regel nicht gedämmt im Sommer unerträglich heiß und im Winter kalt, sogar sehr kalt, weil der dünne Betonboden direkt auf der Erde liegt. Darum entschlossen wir uns, ein eigenes Haus zu bauen. Bitte erwarten Sie zu diesem Thema keine Geschichtchen, der Hausbau war so ereignislos, wie er in Mitteleuropa auch gewesen wäre, mit der kleinen Einschränkung, wie multinational unsere Helfer beim Bau waren. Briten jeglichen Landesteiles, Iren, Neuseeländer, Polen, Amerikaner, Deutsche und natürlich Albaner Aus dieser Zeit stammen auch die ersten Briefe, das heißt aus der ersten Hälfte der 1990er-Jahre, bevor ich in Pension war. Da es das Wiener Journal nicht mehr gab, habe ich die Produktion der Briefe eingestellt, Sie werden also nichts von der Finanz-Krise Griechenlands lesen, vom linksradikalen Ministerpräsidenten Alexis Tsypras und seinem etwas eigenwilligen Finanzminister Georgios Varoufakis. Hingegen werden Sie von einer Partei lesen, die die europäische Politikersprache mit einem aus Griechenland stammenden Wort bereichert hat. Nein es geht nicht um die bekannten altgriechischen Wörter Politik, Demokratie, Anarchie, Polemik, sondern um die neugriechisch-deutsche Wortschöpfung Pasokisierung. Namensgeber ist die einstige, immer wieder regierende PASOK, (ΠΑΣΟΚ) die gesamtgriechische Sozialistische Bewegung, wie sie wörtlich übersetzt heißt, die auf unter 10 Prozent der Stimmen sank. Ihr Parteichef war bei der letzten Wahl Jorgos (Georgios) Papandreou, ein Neffe des letzten Pasok-Ministerpräsidenten Andreas Papandreou. Georgios Papandreou war also Parteichef der dritten Generation, Großvater auch Georgios, Onkel Andreas. Georgios wird ungefähr Jorgos gesprochen. Seit der letzten Wahl reagiert wieder die eher konservative Partei Nea Demokratia, was tatsächlich Neue Demokratie heißt. Parteichef und Ministerpräsident ist Kyriákos Mitsotakis, Sohn des letzten konservativen Ministerpräsidenten vor AndreasPapandreou, Konstantinos Mitsotakis. Und die

Politikerfamilie Mitsotakis reicht noch weiter zurück, bis zu Eleftheros Venizélos, nach dem der Flughafen in Athen benannt ist. Venizélos war Ministerpräsident nach dem Ersten Weltkrieg, er hetzte Griechenland in das Abenteuer, das als kleinasiatische Katastrophe in die Geschichte einging. Auf die gehe ich in einem Brief näher ein. Damit haben Sie schon in der Vorrede einen ganz guten Einblick in die griechische Politik, bis Tsypras war Politik in Griechenland der Streit zweier alter Männer, die abwechselnd Regierungschef waren und einander nicht leiden konnten, Papandreou und Mitsotakis. Jetzt ist also die neue Generation immer derselben Familien dran, manche Gewohnheiten sind ja nicht nur in Griechenland zählebig. Die Briefe sind zur besseren Ordnung nummeriert und an Peter gerichtet, weil Peter einer der häufigsten aus Griechenland kommenden Vornamen im deutschsprachigen Raum ist und weil der Chefredakteur des Wiener Journals Peter Bochskandl hieß. Aber jetzt geht es endlich los.

BRIEF (WIR EUROPÄER)

1. Brief

Lieber Peter!
Jetzt also endlich der erste versprochene Brief, ich schicke ihn Dir nach Europa. Du brauchst mich nicht drauf hinzuweisen, dass Griechenland ja eigentlich auch in Europa liegt. Das habe ich früher, als Tourist auch geglaubt. Aber jetzt lebe ich in der Mani. Die Mani ist der wildeste Teil Griechenlands. Hart, steinig, rückständig, am Meer gelegen und trotzdem vom Tourismus wenig berührt. Das kann man in jedem Reiseführer lesen. Mehr noch, man kann es beweisen. Nirgendwo sonst als hier, ungefähr fünfzig Kilometer südlich von Kalamata, am mittleren Finger der (!) Peloponnes, also dem Landesteil, der sich nie entscheiden kann, ob er jetzt Halbinsel oder Insel oder, männlich oder weiblich ist. Ich schreibe die Peloponnes weil es griechisch Pelopónnisos heißt, Insel des Pelops und Insel (nisos νισος) ist im griechischen eben auch weiblich. Der Kanal von Korinth müsste die Peloponnes eigentlich zu einer Insel machen,

doch bindet eine Bahn und Autobrücke die Insel ans Festland und macht sie so zur Halbinsel. Also nirgendwo sonst leben im Verhältnis so viele Europäer in Griechenland wie hier geschätzt ein paar hundert, genauer weißes niemand, weil es in Griechenland kein Meldesystem gibt, ja bis vor Kurzem gab es nicht einmal ein Grundbuch. Und Europäer, wenn sie der sie nährenden Zivilisation ausreichend müde werden, ziehen bekanntlich nur dorthin, wo die Gegend hart, felsig rückständig, am Meer gelegen und trotzdem vom Tourismus relativ wenig berührt ist, sonst hätten sie ja daheim in Europa bleiben können und hätten nicht nach Griechenland kommen müssen. Schließlich ist soziales Gefälle nur dort reizvoll, wo man Armut pittoresk nennen kann und zu kleine Behausungen malerisch.

Die Europäer, das sind wir, so nennen die Griechen uns. Befremdlich, wenn man bedenkt, dass die Griechen im ersten Halbjahr 1994 den Vorsitz in der EU hatten, also bevor Österreich Mitglied war, woraus man als Laie doch auf eine gewisse Affinität zu Europa schließen würde und auf einen mehr als losen, mehr oder minder zufälligen Kontakt. Ich habe damals den Satz geprägt: Dass Griechenland schon Vorsitzender der EU war, bevor Österreich Mitglied wurde, sieht man im Alltag nicht. Der Satz ist trotz aller Weiterentwicklungen immer noch richtig. Wir sind also Ausländer, was aber weiter nichts macht, weil wir Ausländer sind, auf deren Konten die Griechen mehr Geld erwarten als in den meisten Fällen vorhanden sein dürfte, denn es gibt nicht so viele Schweizer wie Österreicher, nur so als Beispiel. Und darum sind die Albaner, die hier in der Saison, das heißt im Winter, wenn die Oliven geerntet werden, für einen geringen Stundenlohn arbeiten, keine Europäer sondern eben Albaner. In der Touristensaison, also im Sommer werden die Jobs eher von den Kindern der Europäer besetzt, als Servierer, und Innen erfreulicherweise werden sie nicht Ober sonst müsste ich jetzt Oberinnen schreiben und das wäre doch ein wenig irreführend. Gerade die einfacheren Griechen sehen die Albaner nicht so gerne. Das muss gar nicht fremdenfeindliche Gründe haben, das kann auch das angebliche Motiv sein, das zum längsten durchgehendden Krieg des Altertums führte, zum Trojanischen Krieg. Zum Thema Troja: Natürlich glaube ich als Mensch des 20. Jahrhunderts nicht an die Geschichte von der schönen Helena, die von dem vorderasiatischen Prinzen Paris nach Troja entführt wurde, sich gerne entführen ließ, wie die Athener behaupteten, und somit den Krieg auslöste. Ich glaube, dass der Krieg mit der Lage Trojas am Bosporus erklärt werden kann. Denn dort herrscht ein fast ständiger Nordwind, vor allem im Winter, was es den einfachen Rahseglern der Zeit schwierig bis unmöglich machte, in die angestrebten rohstoffreichen Gebiete am Schwarzen Meer vorzudringen. Die frühen Griechen sahen die Gegend um das Schwarze Meer, das übrigens nur Türkisch so heißt, kara deniz griechisch heißt es das freundliche Meer, (in neuerer Zeit setzt sich allerdings auch im Griechischen der iternational üblichde Begriff „Schwarzes Meer" durch) so wie wir moderneren Menschen die dritte Welt: Angenehm rückständig und noch angenehmer rohstoffreich Sie mussten daher in der Gegend zwischen Troja und der knapp davor liegenden jetzt türkischen Insel Agca Koca vor Anker gehen und auf Südwind warten. Sei es, dass die Trojaner die Liegegebühren erhöhten sei es, dass sie den Bosporus völlig sperrten, ein Krieg wäre erklärlich. Ein sehr belesener neuer Bekannter von mir hier in der Mani, schüttelte den Kopf, als ich ihm diese Theorie vorstellte. „Du denkst viel zu rational, zu europäisch, so sind die Griechen nicht, die traditionelle Helena-Geschichte wird schon wahr sein. Die passt viel besser zu den Südgriechen." Tatsächlich gibt es ein kleines Museum zu diesem Thema auf der kleinen, der Hafenstadt Githion vorgelagerten, allerdings jetzt mit einem Damm verbundenen Insel Marathonisi: (μαραθονισι, die Fenchelinsel). Dort sollen Paris und Helena ihre erste, nennen wir es jugendfrei, „Hochzeitsnacht" verbracht haben. Zurück in die 90er-Jahre des zwanzigsten Jahrhunderts. (Mir ist schon klar, dass wir im einundzwanzigsten Jahrhundert leben, aber geprägt hat mich das vorige.)

Die Albaner ließen sich bisher auch nicht von dieser Ablehnung abschrecken, die Zahl ihrer hier lebenden Landsleute steigt langsam aber ständig. Bemerkenswert ist, dass es ausschließlich tüchtige Leute sind. Sie bauen sich hübsche Häuser, gründen Firmen in Marktlücken und sind fleißige, gesuchte Leute. Ob es am Weggehen ihrer Besten liegt, oder doch an dem steinzeitkommunistischen langjährigen Regime des Ministerpräsidenten Enver Hodscha, dass das Land so arm und rückständig ist, wage ich nicht zu entscheiden. Denn außer Bunker zu bauen, hat Enver Hodscha nicht viel geleistet, aber Bunker gibt es so viele, mehr als 100.000 (gelesen, nicht gezählt), dass nicht mehr viel Albanien für andere sinnvollere Zwecke übrig bleibt.

Wir Europäer sind am häufigsten Engländer und andere Briten, Deutsche, Franzosen, Iren, Neuseeländer, Schweden, wir sind Olivenölexporteure, Maler, Dichter, Schriftsteller, Handwerker und Pensionisten und außerdem sind wir das lokale Wirtschaftswunder, weil wir täglich in den kleinen Supermärkten Dinge einkaufen, die die lokalen Griechen eigentlich nicht so dringend brauchen, Bier, Butter aus Dänemark, Irland oder Österreich, Essiggurken aus Deutschland und manchmal Käse aus Österreich. Der heißt dann nach den bekannten Alpenorten Edam oder Emmental. Dass wir Europäer und nicht etwa Touristen sind, erkennt man einigen Merkmalen:

a) Wir sind bleich, weil wir uns niemals zu den Touristen an den Strand legen würden, damit man uns eben nicht für Touristen hält.

b) Wir tragen keine Plastikgürteltaschen um den von einem zu kurzen T-Shirt bedeckten, öfter zu dicken

Bauch und keine Baseballkappen und nur selten Cowboyhüte.

c) Wie bestellen in fließendem Griechisch Souvlaki und ein halbes Kilo (!) Wein. Sogar auf der richtigen Silbe betont, Retsína[3] wird auf der zweiten Silbe betont. Für die Griechen ist es die vorletzte und sie zu betonen ist in mehr als der Hälfte der Wörter richtig. Und das sagen wir sogar zu den Wirten, die in Deutschland griechische Restaurants hatten und nun ihre bifteki als „Hackfleischbällchen" anbieten oder als Bouletten oder Frikadellen geradezu schänden.

d) Und wenn wir gegessen und getrunken und gezahlt haben ohne ein nennenswertes Trinkgeld gegeben zu haben, dann gehen wir mit dem landesüblichen Abschiedsgruß, einem langgezogenen Jaaa[4] oder mit dem aus Italien importierte Addio, in der Mehrzahlform Addiasas. Das finden Sie nicht im kurzen Sprach- und Reiseführer für Griechenland, weil da nach meiner leidvollen Erfahrung nie drinnen steht, was Sie in Ihrem Urlaubsland wirklich brauchen. Also Jaaa

2. Brief (nach der Wahl 1993)

Lieber Peter!
Du hast Dir hoffentlich von meinem ersten Brief gemerkt, dass wir Europäer sind in Griechenland. Das heißt auch: keine Griechen. Das heißt, dass wir niemals wie die Griechen werden können. Und das wieder bedeutet, dass wir nie erreichen werden, was für die Griechen und angeblich nicht nur für sie, das Höchste ist: Ein Staatsamt. Es soll ja auch bei uns Leute geben, denen das „wie sicher" wichtiger ist als das „wofür" und vielleicht sogar als das „wieviel".

Und darum ist in den vergangenen Wochen einige Male der Strom ausgefallen. Was heißt Darum? Den Kalauer Warùm, Darum! habe ich gerade noch unterdrückt. Nun, weil Wahlkampf war, und weil die konservative Nea Demokratia die Privatisierung der staatlichen Telefon- und der auch staatlichen Stromgesellschaft angekündigt hat. Jetzt haben die Arbeitnehmer der Stromversorger DEI[5] einige Male gestreikt. Ob die Telefongesellschaft, die für das auch hierzulande aussterbende Festnetz zuständig ist, auch gestreikt hat, weiß ich nicht. Da können auch die starken Herbstwinde einige Kabel beschädigt haben. Aber beim nicht funktionierenden Stromnetz lag es am Streik. Das hat erstaunlicherweise niemanden aufgeregt. Welcher Grieche hätte kein Verständnis für einen Streik, der verhindern soll, dass ein behagliches staatliches Einkommen auf einmal den ungewissen Beziehungen zwischen Leistung und Bezahlung ausgesetzt sein soll. Es war mehrere Stunden am Tag kein Strom da. Na und, das war nichts worüber zu reden oder gar zu streiten im Kafeneion sich lohnte. (Kafeneion, gespr kafeníon, vorletzte Silbe betont, bedeutet wenig überraschend Kaffeehaus. Hättest Du nicht gedacht, dass griechisch so einfach ist, oder?) Wer braucht schon Strom in einem warmen, hellen Land wie Griechenland, in einer Olivenölgegend, wo noch keine Computer gebraucht werden, na ja: sehr wenige. Aber sonst: Die Souvlaki grillen auf der Holzkohle, die Patates krümmen sich im Öl über dem Gas aus der Flasche, auch griechischer Kaffee brodelt auf dem Gas und dass der Fernsehapparat einmal schweigt, wer empfände die ungewohnte Stille nicht als wohltuend. Die Lücke nicht als Ersatz? Der Fernsehapparat läuft übrigens oft stumm im Kafeneion um die Musik aus dem Radio nicht zu übertönen. Natürlich haben einige Europäer gemeint, die Aufforderung PASOK zu wählen, sei eine schon unzulässige Wahlempfehlung für die Grünen, geradezu eine Aufforderung an die Wähler, diesmal nicht die Blauen zu wählen. Das ist ja nun wirklich schwer zu bestreiten, es ha auch kein Grieche bestritten, obwohl keiner den Vorwurf wirklich verstand. Hätte der Wirt sein Restaurant nicht in Deutschland sondern in Österreich gehabt er hätte vermutlich mit „Nona net" reagiert. Jetzt muss ich Dir das noch mit den Grünen und Blauen erklären. Nein, das ist nicht, wie Du als gebildeter Mensch geradezu automatisch annimmst, die Fortsetzung der Tradition aus Konstantinopel, als die Farben der beiden wichtigsten wettkämpfenden Parteien in den Wagenrennen im Zirkus blau und grün waren, auf österreichische Verhältnisse übersetzt sind die Grünen die Roten, also die Pasok und die Blauen sind die Schwarzen, also die ND. Die Parteifarben der drittgrößten Partei (damals) des weit rechts stehenden ehemaligen ND-Politikers Antonio Samaras sind der Regenbogen. Das hat mir einigen Stoff zum Nachdenken gegeben. Zeit dazu hatte ich, vor allem nach der Wahl weil ich meine Texte auf einem Computer schreibe und daher Strom brauche. Denn obwohl die Wähler und auch die -Innen der Empfehlung der Bediensteten der Staatlichen Stromgesellschaft gefolgt sind und Papandreou und seine Familie wieder an die Macht brachten, fällt ziemlich häufig der Strom aus. Der Strom fällt also aus wenn die Angestellten arbeiten und er fällt auch aus, wenn sie streiken, um weiterarbeiten zu können. So gesehen ist es gut, dass wir Europäer nicht alle Rechte der Griechen haben, ich könnte etwa mit meinem Wahlrecht nichts anfangen.

Aktuelle Nachschrift: Mittlerweile ist die Stromgesellschaft teilweise teilprivatisiert, mit deutscher Beteiligung. Was das für groteske Folgen hat, werde ich Ihnen in einem aktuellen Brief erzählen.
Bis dahin Jaaa

3. Brief (Die kleine Straße)

Lieber Peter!
Es tut mir leid, Dir schreiben zu müssen, dass sie noch nicht fertig ist, Du weißt schon, diese kleine Straße, die durch die Schlucht unmittelbar neben unserem gemieteten Haus zum Kirchplatz führen soll. Und sie wird heu-

er nicht fertig werden, und nächstes Jahr auch nicht, wahrscheinlich eher nie. Du hast natürlich recht, wenn Du meinst, dass diese kleine Straße eigentlich kein Mensch braucht, aber es soll ja auch in anderen Ländern vorkommen, dass, warum auch immer, Straßen gebaut werden die eigentlich niemand wirklich braucht.

Dabei habe ich, doch eher Anfänger noch in griechischen Gebräuchen geglaubt, dass es nur noch Tage, na ja Wochen vielleicht dauern könne, bis die, Du weißt es ja, ja eigentlich lächerlich kleine kurze Straße fertig ist. Denn auf einmal waren sie alle da, die Lastwagen, die Baumaschinen, sogar die Arbeiter, alle waren sie da, alle am selben Tag, an einem Sommtag, wenn Du das glauben kannst. Es waren also Anzeichen drängender Eile, geradezu geradezu hektischer Betriebsamkeit vorhanden und einige manchmal zu etwas frivolem Zynismus neigende Europäer haben den bevorstehenden Besuch eines Großkopferten oder einer Kontrollbehörde, womöglich der EU vermutet. Die EU bezahlt praktisch alle größeren Straßenbauten in Griechenland, die Autobahnen z.B., die Mauthäuschen hingegen werden von den Griechen gezahlt und errichtet. Hier bietet sich

endlich die Gelegenheit, den Satz hin
zu schreiben, den man immer wieder in
allen mir bekannten Reiseführern lesen kann, weil er beweist, dass der
Verfasser oder auch die Verfasserin
kein(e) leichtfertige(r), oberflächli-
che(r) Mensch (Person) ist, der (die)
das Land kaum kennt, das er (sie) für
Geld beschreibt: „In Griechenland ist
alles ganz anders als es scheint." (Ge-
danklich natürlich für alle in Frage
kommenden Reiseziele zu ersetzen von
Abidjan bis Zwettl.)
Also: In Griechenland hat hektische
Eile nichts mit nahendem Ende zu tun.
Nach einem Tag angestrengter Arbeit war
die Straße fertig planiert, ein anmutig
geschwungenes Band aus der hier üblichen roten Erde und den hellen Steinen
dazwischen verläuft jetzt dort, wo bis
dahin etwas war, was man als Nicht-
kenner des Landes vielleicht für eine
Sperrmülldeponie gehalten hätte. Ein
unbestreitbarer Vorteil also, so unbestreitbar vorteilhaft wie Fortschritt
durchaus nicht immer ist.
Seitdem sind die Baumaschinen abgezogen, die Lastwagen transportieren
vielleicht wieder Schafe, Marmor oder
in ihr Heimatland abgeschobene Albaner, die Baumaschinen bleiben un-
sichtbar und die Arbeiter haben sich

irgendwo verlaufen. Auf der Baustelle tat sich nichts mehr, bisher. Na ja, nicht ganz. Die ersten Herbstregen haben eingesetzt und sie haben begonnen, die planierte rote Erde wieder wegzuspülen, die hellen Steine ein wenig in Richtung Meer zu bewegen und so hier und da kann man wieder die ersten Ölkanister oder eiserne Bettgestelle herauslugen sehen. Natürlich sieht man noch, dass hier Menschen eine Straße bauen wollten, aber die Winterregen kommen ja erst.
Ich kann nicht sagen, dass ich jetzt Heimweh empfand, aber ich dachte doch mit einer gewissen verächtlichen Überheblichkeit, dass das in Wien nicht möglich wäre, manches, ja vieles schon, aber nicht so. Und als einer der hier schon länger Anwesenden erzählte, dass das eben Erzählte schon mehrfach passiert sei, erst recht. Er rechnete ein wenig mit den Fingern und sagte dann, er glaube, das sei der vierte erfolglose Anlauf gewesen.
Ich konnte das nicht glauben. Ich hatte mittlerweile gelernt, dass vieles, was in Griechenland sinnlos erscheint, einen nicht sofort sichtbaren Sinn hat. Also bin ich zum Stavros gegangen, um mit ihm über dieses Thema zu reden. Stavros ist der Dorfwirt, spricht

Deutsch und weiß berufsbedingt alles. Auch Stavros hat den Kopf geschüttelt, er allerdings über die geradezu kindliche Naivität der Europäer, die keine Zusammenhänge erkennen könnten. Bei ihnen zuhause wäre die Geschichte genau gleich abgelaufen. Kleine Gemeinden haben nur wenig Geld und müssen sorgsam damit umgehen. Und größere Aufträge, also jenseits der umgerechnet zweitausend Eurogrenze müssten wie überall in Europa ausgeschrieben werden. Eine sehr kurze Straße durch eine sehr enge Schlucht zu planieren, kostete aber in Griechenland keine zweitausende Euro und konnte daher freihändig vergeben werden. Hätte man aber gleich den Gesamtauftrag mit Straßenbau vergeben, wäre man deutlich über der Grenze der freihändigen Vergabe gelegen. Und was bei einer Ausschreibung herauskommt entzieht sich dem Einfluss der Gemeinde. Vielleicht wäre das schöne Geld in die Nachbargemeinde oder womöglich gar in die Bezirkshauptstadt abgeflossen und niemand hätte etwas davon gehabt. Und der Gemeinde wäre es auf Jahre nicht mehr möglich gewesen, mit Aufträgen die guten Bürger zu belohnen. Und daher werde die kleine Straße nicht so bald fertig sein. An dieser Stelle zuckte Stavros mit der Schulter. „Und

sei ehrlich. Diese Straße braucht doch kein Mensch." Mir ist keine passende Antwort eingefallen. Ich bin nach Hause gegangen und habe einen Ouzo getrunken. Dann noch einen. Und dann habe ich die leere Flasche in die Schlucht geschmissen.
Jaaa

4. Brief (wenn es kalt wird)

Lieber Peter!
Griechenland bietet Dir immer wieder einen neuen Grund, es zu lieben. Wer mit offener Seele sucht wird fast immer belohnt, zumindest Erkenntnisgewinn ist nahezu garantiert, was Dir in Deinem kalten, durchmechanisierten Mitteleuropa nicht geboten wird. Du weißt, dass ein Grund für unseren Zweitwohnsitz in Griechenland, das angenehme Klima ist. Wie alle Wunschvorstellungen ist sie nie ganz wahr geworden. Denn manchmal ist es im Sommer zu heiß zum Schlafen, wenn das Thermometer am Tag mehr als vierzig Grad zeigt hast Du keine angenehme Nacht zu erwarten. Aber den Rest des Jahres ist es annehm. Man kann normalerweise im Dezember noch baden und im Jänner im Freien zu Mittag essen. Trotzdem

gibt es im Winter kalte Tage, wenn es tagelang regnet oder wenn der Nordostwind von den im Winter oft schneebedeckten Gipfeln des Taygetos-Gebirges bläst, da kann es sehr ungemütlich werden. (Das Wort Taygetos[6] ist eher schwierig, es wird nach der altgriechischen Regel betont, die die Römer antepaenultima nannten, also die vor der vorletzten. Du brauchst deswegen nicht anzufangen Kopf zu rechnen, es ist selten geworden, als Faust- und Alltagsregel genügt es, die vorletzte im Auge zu behalten. Taýgetos wird also auf dem hörbar getrennt gesprochenen Y betont). Nun gegen Kälte kann man sich leichter schützen als gegen Hitze. Du aber musst Dich auf die Regelelektronik Deiner Zentralheizung verlassen und Deine jährlich wiederkehrenden Bemerkungen zur Schneeräumung in Wien machen.

Ein Grieche kann zum Beispiel ins Wirtshaus gehen. Da steht dann oft ein kleiner Ofen in der Mitte des Raumes mit einem Ofenrohr, lang wie das Kanalnetz in Venedig und von ähnlicher Farbe und architektonischer Kühnheit. Dieser Ofen heizt die Wirtsstube und produduziert meist auch noch die Kohle für den Grill. (Mich juckt es, Dir jetzt etwas zur griechischen Küche zu

erzählen, aber die ist einen eigenen Brief wert.) Wenn nur noch Kohle übrig ist, wenn die Gäste das Gasthaus verlassen, dann dürfen die Männer glühende Kohlen in einer Schaufel oder in einem aus einem alten Olivenölkanister geschnittenen Kübelchen nach Hause tragen. Entgegen ihrem Ruf sind manche griechischen Ehemänner so fürsorglich, dass sie ihren daheimgebliebenen Frauen ein bisschen Wärme nach Hause bringen.
Weil diese Lösung bei uns aus mehreren Gründen nicht funktioniert, haben wir im Gegensatz zu vielen griechischen Steinhäusern in unsrem Dorf eine Heizmöglichkeit, einen Ofen und ein Ofenrohr. Versteh mich bitte nicht falsch, ich sagte nicht Kamin, ich sagte Ofenrohr. Dieses Ofenrohr läuft mehr oder weniger parallel zur Außenmauer nach oben und nach außen und endet in einer Art Doppelauspuff, ähnlich denjenigen die manche Lehrlinge auf burgenländischen Autobahnen so gerne ihren Hintermännern zeigen. Auffallend an diesem Ofenrohr, weil anders als bei uns, ist ein kleiner nach unten offener Trichter, als Verbindungsstück zwischen waagrechtem und senkrechtem Rohr. Dort ist oft eine leere Plastikmineralwasserflasche befestigt.

Durch diesen Trichter soll das Wasser abrinnen, das sich bildet wenn man in einer Gegend nahe am Meer nicht ganz trockenes Olivenholz verbrennt (etwa ein Liter pro Heiztag).

Aber es rinnt leider nicht das gesamte Wasser ab. Ein Teil des heißen, feuchten Rauches kondensiert auch an dem Ofenrohr, das, weil unisoliert dem Wetter ausgesetzt, kalt bleibt. Zusammen mit den feinen Rußpartikeln ergibt das eine Masse, die nach einigen Tagen Heizen das Ofenrohr gasdicht abschließt. Das ist nicht weiter schlimm, wenn man es weiß. Man braucht eben nur alle zwei, drei Wochen das außenliegende Ofenrohr abzubauen und mit einem hierzulande wildwachsenden bambusähnlichen Rohr und Zeitungspapier zu reinigen. Dann geht man mit dem innen liegenden Teil des Rohres nach draußen, verfährt ähnlich und dann putzt man das Wohnzimmer.

Schlimm ist es, wenn man es nicht weiß. Denn auf einmal erinnert das Wohnzimmer an die alten Edgar-Wallace-Filme mit ihren kaum den Smog in London durchdringenden Straßenlampen, einem damals anerkannten Filmsymbol für drohendes Grauen und Spannung. Dann verfährt man ähnlich wie die Vorher-Wissenden, mit dem Unterschied, dass man vorher

die glühenden Holzstücke aus dem Ofen entfernen muss. Das Ende ist gleich. Man putzt das Wohnzimmer.
Es hat mehrere Gründe, warum das so ist.
1. Gibt es keine Kaminkehrer, Rauchfangkehrer wenn Du willst, weil es eben nur sehr wenig Kamine gibt.
2. hat Griechenland keine Heiztradition, weil es ein warmes Land ist.
3. es nicht vorauszusehen war, dass es im Winter so kalt wird, in Griechenland ist immer der aktuelle Winter der kälteste und
4. scheint ja sicher bald wieder die Sonne. Dann kommen die alten Männer und Frauen in ihren mehrheitlich schwarzen Gewändern ins Freie, wärmen sich an den sonnigsten Stellen des Dorfs, die sie sonst das ganz Jahr meiden und beklagen den kältesten Winter seit Menschengedenken.

Was kann dagegen Deine Zentralheizung? Spricht sie zu Dir, vermittelt sie Dir Lebenserfahrung oder Erkenntnis? Wir haben jetzt einen eigenen Kamin, aber von dem erzähle ich Dir im nächsten Brief.
Jaaa

5. Brief (Der Kamin)

Lieber Peter!
Wie versprochen kommt jetzt der Brief, in dem ich Dir von unserem neuen Kamin erzähle. Wie einfach sich das hinschreibt: Wir haben einen Kamin, gemessen an all dem, was dem vorausging. Solltest Du mich fragen warum wir einen Kamin haben, hätte ich Schwierigkeiten, gebraucht hätten wir ihn nicht, seitdem wir die griechische Heiztechnik beherrschen. Zwei Rauchabzüge für den kleinen Raum und die wenigen Heiztage des Jahres, maximal von Mitte Dezember bis Ende Februar, natürlich nur abends und meistens nicht an sonnigen Tagen. Der wahre Grund ist vermutlich der, dass unser Hausherr, Kostas gerne die Mieteinnahmen zur Wertsteigerung in sein Haus steckt, weil er dann guten Gewissens die Miete erhöhen kann. Rücksichtsvoll wie er ist, schlug er vor, mit den Bauarbeiten erst dann zu beginnen, wenn wir nicht anwesend sein würden. Und als es sich begab, dass wir für die nächsten drei Wochen Griechenland verlassen mussten stand dem Bau des Kamins nichts mehr im Wege. Und einen praktischen Sinn hat der neue Kamin auf jeden Fall: Du kannst auch im Sommer grillen, was Du in dem

trockenen Land im Freien eher unterlassen solltest.

Wir waren zwar immer noch der Überzeugung, keinen Kamin zu brauchen, aber was ist schlecht daran, wenn man beispielsweise einem lieben Freund wie Dir schreiben kann: „Ich danke für deine hübsche dreiseitige Postkarte, ich habe sie gleich auf meinen Kamin gestellt." Kann ja schließlich nicht jeder schreiben. Nur, wer wie wir beispielsweise, einen Kamin auch wirklich hat.

Wir hatten keinen, als wir nach den drei Wochen zurückkamen. Wir hatten eine Baustelle. Und davor durch eine dieser schwarzen, zur Olivenernte verwendeten Plastikfolien unzureichend getrennt, den einstigen gewölbten Ziegenstall, den wir im Lauf der Zeit zu unserem bescheidenen aber blitzsauberen Wohnzimmer gemacht hatten. Der Raum war dem Original wieder ähnlicher. Ich gebe zu, dass meine Liebe zu Griechenland damals ein wenig ins Schwanken kam.

Warum der Kamin nicht fertig war, wer wollte das wirklich im Detail wissen. Die Rede war von häufigen Stromausfällen, von Problemen mit Handwerkern, Lieferschwierigkeiten, nichts, was uns wirklich fremd war, aber auch nichts, was die geringen Fortschritte beim Bau hinreichend erklärt hätte. Jetzt aber sollte der Kamin in zwei Tagen fertig sein.

Ich bin stolz darauf, Griechenland schon so gut gekannt zu haben, dass meine Voraussage präzise eintraf: Wenn wir Glück habe, wird er in einer Woche fertig sein.

Wir hatten Glück. Und wir hatten außerdem das Glück, griechischen Handwerkern bei der Arbeit zuschauen zu können, wenn wir hinter den schwarzen trennenden Vorhang traten, der zwar unsere Bewegungsfreiheit erheblich, aber die des Staubes gar nicht einschränkte.

Der griechische Handwerker unterscheidet sich von seinem mitteleuropäischen Kollegen in der Regel vor allem durch seine Freundlichkeit. Er ist stets zu einem Schwätzchen bereit, was Du nicht zynisch als Zeitschinden missverstehen darfst, denn er wird im Normalfall pauschal bezahlt, nicht nach Zeit. Er erwartet kein Trinkgeld, bietet Dir seine Zigaretten an, anstatt Deine zu rauchen und lädt Dich hier und da auf ein Schlückchen seines mitgebrachten selbst gemachten Weines oder Tsipouros ein. Tspouro ist das, was in Italien Grappa heißt. Du hast als Gegenleistung

nur ein bisschen Lob und Anerkennung für seine Arbeit zu bieten.
Nun muss ich zugeben, dass ich mir unseren Kamin anders vorgestellt hatte. Nicht ganz so mächtig und eher einfacher. Ich hatte die in Griechenland üblichen hellgrauen hübschen Natursteine als wesentliches Baumaterial erwartet. Es stand da eine Kombination aus Natursteinen, Holz, Schamott, Ziegeln, Sandstein und Blech, also bunt wie eine griechische Wiese im Frühjahr. Die Schmamottesteine umkleideten den eigentlichen Feuerraum, klarerweise. Ich hatte mit einem noch nicht überwundenen mitteleuropäischen Wohlwollen registriert, dass der Gehilfe des Meisters (mástoras, erste Silbe betont) jeden einzelnen Stein in zwei, manchmal in drei Dimensionen des Raumes kontrollierte. Nicht klar ist, warum es das tat. Als ich, meinem freien Auge nicht trauend die fertige Arbeit mit meiner eigenen Wasserwaage kontrollierte, berührte in mehreren Fällen die Luftblase die Libelle nicht einmal vom Außen.
Ich entdeckte in mir eine nicht überwundene, verächtliche Sehnsucht, nach der primitiven Ordnung, waag- und senkrechter Linien. Und so kam es, dass unser Lob ein wenig verhaltener kam,

als das sonst der Fall gewesen wäre. Und nur so kann ich mir erklären, was außerhalb des Hauses geschah. Wie Du Dich vielleicht erinnerst, leben wir in einem kleinen, wie hingeduckt wirkenden Steinhaus am Rande des Dorfes. Durch eine mit verfallenen Häusern und in keinen Raum mehr einladenden Torbogen geschmückten, längeren, engen Gasse vom Rest des Dorfes getrennt. Hätte das kleine Haus kein rotes Ziegeldach könnte man es von Weitem auch für einen Steinhaufen halten. Jetzt haben wir einen Kamin, Rauchfang, wie Du als alter Kämpfer an der Sahnefront vermutlich lieber hörst. Wenn das Ding nicht in den Bergen stünde, würdest Du es vermutlich eher für einen Leuchtturm halten. Der Turm ist aus mit rotem Minium bestrichenem Blech und überragt alle Bauten des Dorfes um einiges, außer dem Kirchturm natürlich; ABER DER sTEHT AUCH HÖHER. Aber wir haben beschlossen mit dem Monstrum zu leben. Einen Vorteil hat der Turm ja. Es ist leichter geworden, uns zu finden. Wenn Du von Kalamata kommend einen Leuchtturm auf der Landseite der Straße findest, bist Du da. Nütze dies Chance bald zu einem Besuch.
Jaaa

6. Brief (Die Müllcontainer)

Lieber Peter!
Ja. Du hast natürlich recht, mir mitteleuropäische Besserwisserei und Kleinlichkeit vorzuwerfen. Du hast auch recht, wenn Du meinst, ich sollte dankbar dafür sein, an einem der schönsten Flecken der Welt zu wohnen, vom Klima nicht begünstigt sondern eher schon verweichlicht, während Du und viele meiner ehemaligen Kollegen … Ich weiß, ich weiß.
Vielleicht hat das Gefühl, das ich derzeit habe, mit Dankbarkeit zu tun, schon fast mit schlechtem Gewissen. Wir haben schon seit mehr als einer Woche November, und ich sitze mit vom Baden nassen Haaren und ohne Socken an meinem Schreibtisch. Und vor dem Fenster meines nur vom Computer erwärmten Arbeitszimmers leuchtet das Meer so unwahrscheinlich blau, dass ich es nicht wirklich beschreiben kann. Im Herbst ist es tiefdunkelblau, die nicht so helle, nicht so hoch stehende Sonne im Herbst macht alle Farben kräftiger, als würde man mit einer alles korrigierenden Amateurvideokamera drehen. Der Herbstwind frisiert einige kleine Schaumkronen ins Meer und lässt mit der verbleibenden Energie die Haustür

schlagen, weil das Schloss kaputt ist. Dieses Gefühl der Dankbarkeit haben erstaunlicherweise auch viele hier geborene Leute; sie ahnen, dass sie ein so schönes Land nicht verdienen und sie bemühen sich daher, es täglich ein bisschen hässlicher zu machen. Das ist keine mitteleuropäische Bosheit sondern ein Zitat des griechischen Autors Johannes Gaitanides. Er wird wohl wissen, was er sagt, denn Nikos Dimou sagt etwas ganz Ähnliches. Aber der ist eher Pessimist (Er schrieb das Buch: Vom Unglück, ein Grieche zu sein). Das Zitat ist für mich die Erklärung dafür, wie die Griechen mit ihrem Müll umgehen. Du findest Abfallhaufen in Buchten, die Du bei uns einzäunen und für deren Betreten Du Eintritt verlangen würdest, aber auch in jeder mit dem Auto erreichbaren Schlucht, in allen Gassen, in die der Wind streichen kann und vor allem natürlich neben den Müllkübeln.

In unserem Nachbardorf lebt eine mit einem Griechen verheiratete Amerikanerin, die trotz griechischer Herkunft genug Durchsetzungskraft hat, praktisch alle Geschäftsinhaber unserer Umgebung dazu zu zwingen, Container aufzustellen, in denen Aluminium gesammelt wird. Die modernere Version dieser Behälter stand in der Bezirkshauptstadt. Dort wurden die Menschen, die leere Alu-Dosen einwarfen belohnt. Sie erhielten, na klar, eine volle Alu-Dose. Unsere nicht belohnenden Container sind inzwischen ein beliebter Treffpunkt für die ansässigen Europäer geworden. Ähnlich, wenn ich recht informiert bin, den Komposthaufen in modernen Berliner Großsiedlungen, die man mittlerweile Ersatzkristallationspunkte sozialer Kommunikation nennt, was doch ziemlich geschwollen klingt, für Menschen, die miteinander reden, wenn sie ihren Biomüll wegschmeißen. Und griechische Jungmachos haben mit diesen Containern einen Moment der Selbstbestätigung mehr. Sie besteht darin, die geleerten Cola-Dosen (kein primitiver Anticocacolaismus, sondern tatsächliche Beobachtung) neben den Containern fallen zu lassen. Nur abends natürlich, weil sich die Jugendlichen dann treffen, auch, weil sie sicher sein können, dass die Griechin ihrem Mann dann das Abendessen kocht. Inzwischen ist auch in Griechenland ein gewisser ökologischer Fortschritt zu beobachten in einem Maße, dass die früher von mir so gerne verwendete Formulierung nicht mehr richtig passt, dass Ökologie ein griechisches Wort, allerdings in Griechenland unbekannt oder zumindest ein wenig gebrauchtes Fremdwort sei.

Bevor der Sommer ins Land und viele Touristen nach sich zog, überraschten uns die Gemeinden des Bezirkes mit Großraummüllcontainern, das sind die Dinge mit der großen Klappe und den kleinen Rädern, allerdings ohne die in unseren zentralgeheizten Ländern übliche rote Banderole, die das Einfüllen heißer Asche verhindern soll. Wir Europäer hielten die Container für eine gute Idee, weil wir schließlich alle wissen, dass Touristen zwar Geld ins Land bringen, aber ziemlich viel Müll hinterlassen. Und bei uns in der Gegend hatte bis jetzt auch der umweltbewusste Tourist nur die Chance, seinen Müll dort abzustellen, wo schon einer war, sich der etwas vagen Hoffnung der Griechen anschließend, es werde schon irgendjemand Kompetenter kommen und den Mist abholen. Was der Kompetente dann mit dem Müll macht, wollen Touristen im Allgemeinen nicht so genau wissen, wer weiß es denn schon zuhaus so ganz genau? Auch dort gilt: Hauptsache weg von dort, wo ich ihn hingestellt habe.

Tatsächlich funktionierte es. Immer kam jemand, der unseren Mist wegräumte. Aber es war kein schöner Anblick, weil die frei zugänglichen Plastiksäcke immer wieder von gierigen Hunden und Katzen (muss ich jetzt auch Hündinnen und Katern schreiben?) zerfetzt wurden. Das alles sollte nun Vergangenheit sein, sogar noch vor der neuen Urlaubssaison. Manche der wie erwähnt manchmal etwas zynischen Europäer vermuteten natürlich sofort, dass die Container nur für die Touristen gedacht, mit ihnen auch wieder verschwinden würden. Nun gehen wir langsam auf Weihnachten zu und die Container sind noch da und warten auf ihre wichtigste Zeit des Jahres. Und es ist durchaus schon Mode geworden, seine müllgefüllten Plastiksäcke am Tag vor der Abholung neben die Container zu stellen, um die Beutegreiferzeit der Tiere zu verkürzen. Das ist zugegeben etwas anders als in Mitteleuropa, wo, man die Müllsäcke in die Container wirft. Das ist hier nicht möglich, weil Ketten mit Vorhangschlössern die Klappen versperren, sodass man nichts hineinwerfen kann. Das ist so sinnlos nicht, wie es einem Europäer scheinen kann. Es war den Müllmännern zu mühsam in die oft stinkenden, tiefen Container zusteigen, um die Säcke heraus zu holen und auf den Lastwagen zu werfen. Da-

rum sind die Müllcontainer versperrt, weil niemand den Müllmännern ihre ohnehin nicht angenehme Arbeit erschweren will. Und das wieder erklärt sich ziemlich simpel daraus, dass die kleinen Gemeinden nicht genug Geld hatten, beides gleichzeitig zu kaufen, die Container und die dafür gedachten Lastwagen mit der Hebe- und Kippvorrichtung. Die Müllautos allein wären sinnlos, ein Auto für die gesamte Gegend entspricht nicht dem griechischen Verständnis von Individualität, denk an die alte griechische Geschichte der einander häufig bekämpfenden Stadtstaaten. Und jetzt besteht die durchaus berechtigte Hoffnung, dass die nicht so strapazierten Container so lange halten, bis genug Autos für alle da sind. Falls nicht, wird den Griechen schon etwas einfallen, was sie mit den Containern machen können. Schlimmstenfalls in die Schlucht werfen.
Jaaa

7. Brief (Parteiische Justiz)

Lieber Peter!
Eigentlich wollte ich mich ja nicht mehr mit Politik beschäftigen, nach fast zwanzig Jahren Journalismus, aber

ich habe heute in den griechischen Zeitungen einen Satz gefunden, der mich sehr nachdenklich gestimmt hat. „Wir haben prinzipiell keine revanchistischen Absichten, aber wir werden jeden Skandal unserer Vorgängerregierung genau aufdecken." So hat das ungefähr der alte Andreas Papandreou gesagt, der, wie Du ja weißt, vor einiger Zeit zusammen mit seiner Familie wieder die Macht im Lande übernommen hat, nach dem auch hierzulande unerforschlichen Willen der Wähler und Innen.
Das hätte ich ja dem in der Politik recht erfahrenen Politiker Papandreou nicht zugetraut, so einen „im Prinzip" Satz. Denn im Prinzip ja, heißt eigentlich nein und umgekehrt. Also heißt das, dass der PASOK-Chef durchaus revanchistische Absichten hat. Man kann das sogar verstehen, weil er selbst nach seiner Zeit als Ministerpräsident einen Korruptionsprozess zu überstehen hatte, den ihm sein nunmehr unterlegener Vorgänger und früherer Nachfolger Konstantinos Mitsotakis, ND angehängt hatte. Es ging um Korruptionsvorwürfe in einem unter dem Stichwort „Kretabank" in Griechenland recht bekannten Skandal. Details weiß ich nicht und wusste ich nie, ich hatte nie die Absicht und nicht die Sprachkenntnis-

se mich mit den Skandalen der Politik in Griechenland zu befassen, ich hatte noch die eigenen österreichischen Skandale in nicht angenehmer Erinnerung, die ich zumindest sprachlich verstand. Wie schon einmal erwähnt, war griechische Politik jahrelang davon bestimmt, dass die beiden alten Männer, beide über siebzig einander nicht leiden konnten und abwechselnd zu Regierungschefs gewählt wurden. Es sei ausdrücklich festgehalten, dass Papandreou frei gesprochen worden ist. Selbstverständlich hatte der Prozess erst begonnen, als Papandreou nicht mehr Ministerpräsident sondern Oppositionsführer war. Und siehe da, kaum ist Mitsotakis in der Opposition, stellt sich heraus, dass er eine Antiquitätensammlung besitzt, die es nach dem griechischen Gesetz gar nicht geben dürfte. Sein ehemaliger Polizeichef wurde unter der Beschuldigung seines Amtes enthoben, Antiquitäten in großem Stil außer Landes geschmuggelt zu haben. Und außerdem hat die Staatsanwaltschaft auch Ermittlungen aufgenommen, in einem schon einmal eingestellten Verfahren um den Verkauf der ehemals staatseigenen Zementfirma Herakles. Selbstverständlich wird die

gerade abgetretene Regierung mit den Korruptionsvorwürfen bedacht.
Nun hat Andreas Papandreou war keine revanchistischen Absichten, aber er will in jedem Ministerium einen „hochkarätigen Sonderausschuss" einsetzen, der herausfinden soll, „in welchem Ausmass" die nicht mehr regierenden Konservativen dem Land geschadet habe. Du hast verstanden, die Aufgabe des Ausschusses lautet nicht, festzustellen, „ob" sondern „in welchem Ausmaß" die ND dem Land geschadet hat. Offenbar gilt jede nicht wieder gewählte Regierung automatisch als korrupt. Ich weiß, Du hättest an dieser Stelle mit dem Wort „abgewählt" gerechnet, aber das ist Unsinn. Man kann wählen oder nicht wählen, aber nicht abwählen.
Nun ist es ja nicht so, dass wir Mitteleuropa nichts von der Politik in Griechenland übernommen hätten, die schon erwähnte Liste der politischen Ausdrücke, auch die Demokratie, wo es nur sehr ungefähr gilt und auch das Wort Skandal kommt aus dem Altgriechischen, dort heißt es „skandalon" und bedeutet genau, das, was Du vermutest. Gerade wir im Herzen Mitteleuropas haben ja mit diesem Wort auch so unsere Erfahrung und ich habe ein wenig

Angst davor, dass auch wir die griechische Praxis übernehmen könnten, dass eine Regierung erst die Wahl verlieren muss, bevor die Staatsanwaltschaft zu ermitteln beginnen darf. Oder umgekehrt, dass die neue Regierung die Justiz beauftragt, Korruption beim eben unterlegenen Gegner zu finden, dass also auch die Justiz parteiisch wird, von der jeweiligen Regierungsmehrheit missbraucht werden kann. Kannst Du Dir einen Justizminister vorstellen, der aus parteipolitischen Gründen Weisungen gibt, um die eine Untersuchung zu befördern, die andere aber zu bremsen oder gar einzustellen. (Solltest Du jetzt an Christian Broda denken, bist Du selbst Schuld, ich habe seinen Namen nicht erwähnt.) Sodass Skandal etwas wird, was definitionsgemäß nur von der Opposition in Anspruch genommen werden darf. Und bedenke, lieber Freund, dass wir zwar ein ziemlich alter Staat sind (vor tausend Jahre wurde Österreich erstmals urkundlich erwähnt, wenn auch nur als Gegend, noch nicht als Staat) aber eine junge Demokratie, in Griechenland ist es eher umgekehrt. Erst vor kurzer Zeit hat man hier 2.500 Jahre Demokratie in Griechenland gefeiert, mit einer Begeisterung, die die weit gereisten

Sportreporter in Stadien südlich des Brenners gerne südländisch nennen. Hier kannst Du häufig in den Zeitungen lesen, dass Griechenland das Mutterland der Demokratie sei. Offenbar gibt es Umstände, die nicht nur Mütter sondern auch Mutterländer manchmal ziemlich alt aussehen lassen.
Jaaa

8. Brief (Keine Hysterie um Makedonien)

Lieber Peter!
Du bringst mich mit Deinen Fragen einigermaßen in Verlegenheit, ich werde sie Dir nicht alle beantworten können, auf jeden Fall nicht zu Deiner Zufriedenheit. Aber aus Dankbarkeit zu meinem Wirtsvolk (klingt irgendwie parasitär, findest Du nicht?) muss ich Deine Unterstellung zurückweisen, die griechische Politik sei hysterisch. Das ist sprachlich nicht möglich. Politik ist auch in Griechenland weitgehend Männersache, sieht man einmal von der berühmten Sängerin und Schauspielerin Melina Merkouri ab, die eine Zeit lang Kulturministerin war, und die sich vergeblich bemühte, die berühmten Elgin Marbles[7] zurückzuer-

halten. Und Männer können nun einmal nicht hysterisch sein. Wenn Du meine Briefe Deiner Frau vorliest und jetzt Schwierigkeiten befürchtest, erkläre ihr, dass das Wort hysterisch von dem altgriechischen Wort ystera kommt und das heißt nun einmal Gebärmutter, die uns Männern im Normalfall ermangelt. Die alten Griechen vermuteten an dieser Stelle den Ausgangspunkt für das, was sie für hysterisches Verhalten hielten. Es hat schon seinen Grund, dass man zwar auch berühmte altgriechische Ärzte kennt, aber mehr Politiker dieser Zeit. Du kannst Deiner Frau zur Versöhnung anbieten, dass nur Männer kokett sein können, weil es von hahnenhaft hergeleitet wird (französisch coq, Du weißt schon, der au vin). Ich finde es schön zu wissen, dass ein Cockpit eine Grube für Hahnenkämpfe ist.

Du solltest Deine kritische Haltung zur Politik hierzulande nicht so laut sagen und wenn, dann sage nicht, dass Du sie von mir hast. Die Griechen haben aus dem Vorwurf gelernt, dass sie „ahistorisch seien und nur der Gegenwart lebten", wie ihnen das der alte Oswald Spengler in seinem „Untergang des Abendlandes" vorwarf. Nach tausend Jahren unbestreitbar römischem Konstantinopel[8], 400 Jahren türkischer

Herrschaft und nach all den Wellen slawischer, bulgarischer, albanischer, walachischer und sonstiger Einwanderung, inklusive Import des Königshauses aus Bayern findest Du in Attika mühelos Nachkommen, Sokrates, Perikles und Platons, bei uns in Messenien eher Nachkommen des Leonidas (in Griechenland vorletzte Silbe betont) und in Makedonien Erben des Großen Alexander (Αλεξανδρος, drittletzte Silbe, weil altgriechisch also Aléxandros) oder doch eines seiner Diadochen. Auf jeder Zündholzschachtel kannst Du lesen: „Macedonia was and is Greek", in allen duty free shops der nationalen Fluglinie sind diese Hinweise zahlreicher als die Preisangaben, in den Schulen hängen Fähnchen mit diesem Text und auf Deiner Stromrechnung steht, neben anderen Unwahrscheinlichkeiten „Makedonien ist das ewige Licht Griechenlands", nicht auf Englisch sondern auf Griechisch. (makedonia inai to aeonio fos tis elladas) Und natürlich irritiert es die Griechen wenn in dem jetzt Nordmakedonien genannten Staat Landkarten kursieren, auf denen Großmakedonien mit der Hauptstadt Thessaloniki zu sehen ist. Dein Hinweis, dass in Nordgriechenland, in Westthrakien genauer, ein Straßenschild steht, das die Entfernung nach Konstantinopel anzeigt, wird als „nicht vergleichbar" qualifiziert und Du wirst nicht mehr eingeladen werden. Und wenn Du Demosthenes[9] und seine berühmten Pilippikas erwähnst, wirst Du nur wissen, dass Demosthenes mit Kieselsteinen im Mund gegen die Brandung anschrie um seine Stimme zu trainieren, mit der er vor dem Barbarenkönig Phillip II, warnte, dem Vater Alexander des Großen. Aber weil Du nur das mit den Steinen im Mund von Demosthenes weißt, aber seine Reden nicht aus dem Kopf zitieren kannst, wird man Dich nicht ernstnehmen und Dir vorschlagen von etwas anderem zu reden, von Zypern etwa und den türkischen Provokationen in der Ägäis z. B.

Denn Du weißt nichts von der jüngeren Geschichte, da gab es zwar schon den von Griechenland exklusiv beanspruchten Stern vom Vergina in dem umstrittenen Wappen des damals konsequent Skopje oder FYROM genannten nördlichen Nachbarn, aber die Probleme bis hin zum Handelsembargo begannen erst, als sich FYROM (Former Yugoslav Repunblic Of Macedonia) auf US-amerikanischen Druck dem Embargo gegen Serbien anschloss. Bis dahin konnten die Griechen dem ungeliebten Nachbarn

im Norden verkaufen, was sie wollten, sie konnten ja nicht wissen, dass die hinterlistigen Nordmakedonen, also die Skopjeaner oder Fyromisten die Waren an die Serben weiter verkauften. Der überall zu lesende Spruch: „Macedonia always was Greek" stimmt so gesehen vielleicht doch. Ob Du alle diese, Dir vielleicht zu Recht balkanisch vorkommenden Geschichten verstanden hast, weiß ich nicht. Wir können ja bei deinem nächsten Besuch darüber reden, wenn wir im Kafeneion nicht mehr Tavli[10] spielen wollen.
Jaa

9. Brief (Von Xerxes bis Erdogan)

Lieber Peter!
Ich danke Dir für deine Besorgnis, aber mit mir ist alles in Ordnung, ich habe noch meine fünf Sinne beieinander, aber ich kann verstehen, dass Dich diese verwirrende Abfolge Mitsotakis, Papandreou verwirrt hat. Die Verwirrung liegt nicht an Dir und auch nicht an mir. Und ich verstehe auch, bei einigem Bemühen, Deine Warnung davor, aus Liebe zu meiner neuen, na nennen wir sie inkorrekt Heimat, die Bewohner dieses Landes in Schutz zu nehmen, in ihrem

Interesse zu phantasieren, zu lügen, prosaischer ausgedrückt.
Na ja, Ja und Nein.
Versteh um unserer Freundschaft willen, den nächsten Satz nicht falsch: Du weißt zu wenig. Die Zeitungen, die Du liest, die Nachrichten, die Du hörst oder siehst können Dir den Hintergrund nicht liefern. Das ist kein Pauschalurteil gegen die Medien, sondern nur die schlichte Erfahrung, dass Du ein Land nicht kennen und daher nicht verstehen lernst, wenn Du es nur im Urlaub besuchst. Also lass mich versuchen ein wenig Klarheit in die Sache zu bringen: Ja, es ist ein bestimmendes Element der griechischen Politik, Angst vor den Türken u haben ganz unabhängig davon, welche Partei gerade an der Macht ist. Und diese Angst ist berechtigt. Du weißt natürlich, dass Griechenland Jahrhunderte von den Türken besetzt war, bis im romantischen 19. Jahrhundert die Freiheit der Griechen auch von Lord Byron herbeigesungen wurde, Lord Elgin dürfte hingegen ein Anhänger der tärkischen Regierung gewesen sein, ihnen hat er die berühmten Parthenon-Friese eb- und dem Museum in London weiter verkauft, wo sie bis heute als Elgin Marbles bewundert werden können und man von Rückgabe nichts hö-

ren will. Auch nicht als Griechenland sich in die europäische Welt einfügte, indem es zunächst einen überzähligen bayrischen Wittelsbacher als Herrscher begehrte und auch bekam. Aber in ihrem dauernden Wickel mit der Übermacht aus Asien haben öfter die Griechen den Streit begonnen, Troja nur als ein Beispiel, nicht das wichtigste. Selbst die Perser kamen erst als das griechische Festland die um die Abschüttlung der persischen Oberhoheit kämpfenden ionischen Städte unterstützte, Pergamon, Milet, Priene als die bekannteren Beispiele. (Auch die versuchte Heimholung Ioniens wurde schon als historischer Hintergrund für die Heimholung Helenas herangezogen)

Und als der damals so genannte kranke Mann am Bosporus, die Türkei, nach dem Ersten Weltkrieg im Sterben lag, kamen die mehr oder minder zufälligen Mitsieger, die Griechen, und versuchten mit Hilfe der Alliierten also Engländer und Franzosen und ihrer bereitwillig zur Verfügung gestellten Kriegsschiffe, ihre sogenannte große Idee, megali idea. umzusetzen und sich von den besiegten Türken alles zurückzuholen, was einmal griechisch war. Der in der, zu seiner Zeit noch in der Türkei gelegenen, Stadt Thessaloniki geborene türkische Staatschef, General Mustafa Pascha Kemal, genannt Attatürk, schlug die Griechen in der entscheidenden Schlacht von Dumlupinar, das liegt östlich von Ankara. Der Politiker, der die große Idee hatte, ist der Großvater des gegenwärtigen Ministerpräsidenten, Kyriakos Mitsotakis und hieß Eleftheros Venizélos. Das militärische Abenteuer Griechenlands endete in einer nicht nur militärischen Katastrophe, weil Griechenland und die Türkei ihre fremdsprachlichen Bevölkerungsteile zwangsweise austauschten. Und dass so ein Zwangstausch nicht gerade friedlich vor sich geht, kannst Du Dir sicher vorstellen. Das ist die berühmte kleinasiatische Katastrophe von 1925, unter der noch heute Familien in beiden Ländern leiden.

Und auch in Zypern, waren es die Griechen, die unter Führung eines Oberst Sampson den gewählten Präsidenten des Inselstaates Erzbischof Makarios sürzten und die türkischen Bewohner vertrieben. Es ist schon richtig, dass die Türken hart zurückschlugen und nun ihrerseits praktisch die gesamte Insel in ihren Besitz brachten, auf jeden Fall den türkischen Teil erheblich vergrößerten. Keine Sympathie für die türkische Politik, aber die von

den Griechen so gerne in Anspruch genommene Rolle als Friedensmacht des Östlichen Mittelmeers ist so verlogen wie die der meisten selbst ernannten Friedensbewahrer auch.
Leider liefern die Türken viel zu oft Gründe, dass Griechenland seinem ungeliebten NATO-Partner misstraut. Ich kann einfach nicht glauben, dass der türkische Präsident Recep Tayyip Erdogan aus religiöser Inbrunst die einmal größte Kirche der Christenheit, die Agia Sophia in Istanbul aus einem Museum in eine Moschee umwandeln ließ, das hat die Kirche der heiligen Weisheit nicht verdient. Allerdings gab es vorher in Athen einen Erzbischof, Christodoulos, der noch einmal eine Messe in dem Kloster Sumela, türkisch Sümela, lesen wollte. Sümela liegt in der Osttürkei an der östlich gelegenen Steilküste des Schwarzen Meeres, Georgien wesentlich näher als Griechenland. Aber wir sollten nicht den Unterschied übersehen, der zwischen der Träumerei eines altgewordenen Erzbischofs und der Anordnung eines ziemlich allmächtigen Staatspräsidenten besteht. Und es ist kindisch, dass die Türken immer wieder behaupten, dass die Griechen kurdischen Terror planten und finanzierten um die Türkei in

zwei wichtigen Belangen zu schwächen, in der (früher stärkeren) Hinwendung zu Europa und im Tourismus. Ich habe den griechischen Geheimdienstmann Naxakis interviewt, der den verhafteten Kurdenführer PKK-Chef Öcalan nach Griechenland einlud, in der merkwürdig kindlichen Hoffnung, seine Landsleute würden jeden willkommen heißen und beschützen, den die Türken als Feind betrachteten. Er gab nur mir ein Interview, weil ich der einzige Österreicher war, der darum angesucht hatte. Er wollte unbedingt den Satz sagen, er finde es sehr bedauerlich, dass sein Chef der damalige Ministerpräsident Kostas Simitis mit Öcalan die traurige Tradition fortsetze, die Metternich mit Rigas Feraios begonnen habe. Ich ließ ihn den Satz sagen, bemerkte aber, dass kein Österreicher diesen Satz verstehen würde. Nur für den unwahrscheinlichen Fall, dass auch Du ihn nicht verstehst. Wiener Kaffhäuser waren immer schon ein Zentrum der Revolutionen. Unter Metternich wurde der griechische Freiheitsdichter Rigas Feraios in einem Kaffeehaus in Wien verhaftet und in der damals türkischen Stadt Belgrad den Türken übergeben und noch dort sofort erschossen Metternich hielt auch im europäischen Ausland eben nichts von Revolution. Und die Beziehungen zwischen Österreich und der Türkei waren trotz der ja damals schon länger zurückliegenden zwei Türkenbelagerungen Wiens ganz gut, weil sie beide multinationale Reiche waren, und im Kampf gegen den leider siegreichen Nationalismus auch zusammen hielten. Das hat eine bis heute positiv nachwirkende Folge: Die wirklich sehenswerte Stadt Ephesus an der Türkischen Westküste wurde und wird von österreichischen Archäologen ausgegraben. Nun, die Griechen haben es auch ohne Feraios geschafft, aber nicht ohne die Ausländer. Der entscheidende Sieg war der in der Seeschlacht von Navarino, griechisch Pylos. Pylos liegt im Westen der Peloponnes und die Bucht, in der die Schlacht stattfand, ist heute ein nicht einnmal besonders großer Hafen, sicher kleiner als der Attersee. Sich dort eine ausgewachsene Seeschlacht vorzustellen, mit auf der einen Seite türkischen und ägyptischen, auf der anderen Seite britischen, französischen und russischen Schiffen unter deutschem Kommando ist nicht ganz einfach. Es war eine der berühmten Schlachten, die durch einen nicht beabsichtigten Schuss ausgelöst worden war, den nachher niemand abgegeben haben wollte. Da Kriegsgeschichte prinzipiell von den Siegern geschrieben wird, waren es natürlich die Türken, die ihn abgefeuert hatten. Ich finde es schön, das Detail zu wissen, dass der damals relativ populäre deutsche Dichter August von Kozuebue aus diesem Anlass ein Theaterstück schrieb, es trägt den Titel: „Der Karnickel hat angefangen". Nein, das Detail ist zu schön, um wahr zu sein. Dieses so zart hingetupfte ironische Detail des Theaterstücktitels, das ist nicht Kotzebue. Und wer immer das Stück über den Karnickel geschrieben haben mag, Kotzebue kann es nicht gewesen sein. Denn Kotzebue war im Jahr dieser Schlacht schon einige Jahre tot. Erstochen von dem deutschen Burschenschafter Carl Ludwig Sand, weil Kotzebue Geld von der russischen Armee bekam.

Na ja, Griechenland liegt jetzt ganz unbestreitbar in Europa und teilt damit auch das von den Europäern wenig geliebte Schicksal, das Schicksal, ein, na sagen wir ein wenig parvenuhafter reicher Nachbar zu sein. Seitdem strömen die Albaner ins Land, manchmal hunderte, ja tausende am Tag. Die Griechen wollen diese Einwanderung nicht,

wie gesagt, aber so hysterisch, dass sie ihre Armee gegen die Einwanderer einsetzen würden, so hysterisch ist die griechische Politik nicht.
Jaaa

10. Brief (Die Hauptstadt)

Lieber Peter!
Du weißt, dass ich mich über jeden Deiner Briefe freue, auch wenn sie manchmal nicht mehr ganz aktuell sind, wenn sie mich erreichen, weil der wörtlich übersetzte Name für die Griechische Post, Schnellläufer, genau so irreführend ist, wie die meisten wörtlichen Übersetzungen. Und weil ich doch hier sehr auf dem Lande lebe, im „tiefen Süden" wenn Du dieses etwas banale Wortspiel verzeihst, freue ich mich besonders über Deinen Brief aus den USA in dem Du den von Weitgereistheit zeugenden Satz schreibst, dass zwar New York nicht Amerika sei, dass aber doch andererseits Amerika sich in einem gewissen Sinne in New York konzentriere, verdichte vielleicht sogar. Lass mich antwortend von Athen erzählen. Ich weiß, dass New York nicht die Hauptstadt ist, aber eben doch der Platz, an dem man meistens landet,

wenn man in die USA reist. Da treffen New York und Athen einander. Athen ist nicht Griechenland, aber Griechenland ist ohne Athen nicht vorstellbar. Du hast vermutlich schon gehört, dass Athen ein Wasserkopf ist gegen den selbst die alte Kaiserstadt Wien zu einem Idyll schrumpft oder wächst, ganz wie Du es sehen willst. In Athen lebt etwa die Hälfte aller Griechen, die Ausgewanderten nicht mitgezählt, in Athen ist Kosmos, was Du übersetzen kannst aber nicht musst, in Athen gibt es alles was Du von einer größeren mitteleuropäischen Stadt erwartest: Heimwerkermärkte, Freiluftkinos (!) Modegeschäfte, Escort Service und Herointote. In Athen ist mehr als die Hälfte der aus unerfindlichen Gründen zugelassenen Autos registriert. Stop, da wollte ich hin. Niemand kann von Athen erzählen, ohne den Hinweis, hier den schlimmsten Straßenverkehr seines Lebens gesehen zu haben. Bedenke, dass wir von Europa reden, nicht von Beirut oder Kairo, wo kismetgläubige Moslems, also die Gefahr gering achtende Autofahrer nicht nur ihr eigenes Leben riskieren. Im Gegensatz zu Deinem Eindruck gibt es nicht besonders viel Verkehr in Athen, weniger als in jeder vergleichbaren Stadt, weniger als im kleineren Wien. Trotzdem schaut er nach mehr aus, vermutlich weil der Verkehr keinen Dir bekannten Regeln zu gehorchen scheint. Es gilt das bekannte Wort: In Griechenland haben Verkehrsregeln und -zeichen den Charakter von Vorschlägen. Und es gibt hauptsächlich drei Gruppen von Verkehrsteilnehmern, die dieses Chaos verursachen. Polizisten und vermehrt Politessen, die unter ständiger Missachtung der Ampelphasen den Verkehr mit hektischen Armbewegungen so lange ordnen, bis jede Kreuzung verstopft ist. Ihr ununterbrochenes Pfeifen hat mich zu einer Einsicht gebracht, die der Klarheit aber auch Absurdheit attischen Denkens würdig ist. Wer dauernd pfeift, erregt damit so viel Aufmerksamkeit, wie eine(r), der (die) gar nicht pfeift, Pfeifen als Mittel zur Aufmerksamkeitserregung gibt es also nicht. Wer im Athener Straßenverkehr Pfeifen hört, muss sich irren, bekanntlich holt Achill[11] die Schildkröte nur theoretisch nicht ein. (Ich darf doch das berühmte Sophistendenkbeispiel von Achill und der Schildkröte bei Dir als bekannt voraussetzen. Falls nicht, musst Du leider bis zu unserem nächsten Treffen warten, denn um Dir das zu erzählen brauche ich einen Kuli und

ein Stück Papier.) Aber schlimmer als
die Ordnungshüter in ihren Uniformen
sind zwei andere Gruppen: Taxifahrer und einspurige Fahrzeuge. In allen Städten, in denen ich das erfahren
habe, gehören Taxifahrer zu den besseren Autofahrern, sie wechseln etwa die
Fahrspuren zu einem theoretisch nachvollziehbaren Zweck; Zeitgewinn. Wie
Du weißt, ist es in Wien ja tatsächlich auf dem Gürtel möglich, mit dem
Einsatz von einigen Litern Treibstoff
und einigen Millimetern Reifengummi
einen Vorsprung von einer Ampelphase
herauszufahren. Spuren wechseln hat
also einen nachvollziehbaren Sinn. Die
in Athen die Spuren wechselnden Taxifahrer haben kein erkennbares Motiv.
Manche drängen in die langsamere Spur,
die oft die linke ist, manche haben
die Gewohnheit, aus der äußerst rechten
Spur links abzubiegen. Es ist so gut
wie nicht voraussehbar, was ihnen als
nächstes einfällt. Und weil sie kein
Motiv haben, vergessen sie manchmal,
dass sie die Spur wechseln wollten, und
fahren daher auf beiden. Wahrscheinlich wirst Du mir jetzt üblen Rassismus oder so etwas Ähnliches vorwerfen,
aber die Griechen sind wirklich durch
die Bank schlechte Autofahrer. Und das
Schlimmste ist, gegen die Taxifahrer

kannst Du nichts tun, nicht als Kunde, nicht als Straßenkamerad, wenn Du Dich an dieses trauliche, nostalgische Wort aus der Längstvergangenheit noch erinnerst. Ich glaube, dass es an der Sprache liegt: Derselbe Zyniker, der das Wort Gastarbeiter erfand, hat auch die Bezeichnung Fahrgast für den Kunden im Taxi erdacht. Da bist Du einfach machtlos. Ein Bekannter von mir, der häufiger in Athen zu tun hat, versucht es jetzt mit Voodoo und steckt Nadeln in die Puppe eines Taxifahrers. Immerhin eine Idee gegen die sonst nicht besiegbaren Taxler.

Denn bei den Einspurigen bist Du mit dem Vierradgefährt überlegen. Wenn Dir die Einspurigen, also im Wesentlichen die Mopeds auf die Nerven gehen, weil sie sich an den Ampeln ganz nach vorne drängen, um dann das Hupen ganz für sich allein zu haben, weil sie ja die Ampelsignale, direkt über ihren neuerdings oft behelmten Köpfen, nicht sehen können, kannst Du Dir helfen, wenn Du im richtigen Moment eine Autotür öffnest. Das kann deinem Gegner ganz schön Probleme bringen. Fahr lieber U-Bahn Jaaa

11. Brief (Mit dem Taxi durch Athen)

Lieber Peter!
Merkwürdig, besser bemerkenswert ist es schon, wie rasch und interessiert Du auf meinen Brief reagiert hast, in dem ich Dir über die Verkehrsprobleme in Athen erzählt habe. Ich bin überrascht und Du kannst vielleicht eine gelinde Enttäuschung mitschwingen hören, dass Du offenbar auch an Alltagsproblemen wie dem Autoverkehr stärker Anteil nimmst, als an Schwierigkeiten des Mutterlandes der Demokratie[12], ja ich würde über die Politik hinausgehen und Griechenland zu den Eltern Europas erklären. Warum nicht Vater oder Mutter? Wer dann, Sokrates oder Xanthippe, Agamemmnon oder Klytaimnestra, Paris, Menelaos nicht zu vergessen oder Helena, Odysseus oder Penelope oder aber Zeus und dann eine gar nicht so lange Liste außer Hera. Er hat zwar auch seine eigenen Urenkelinnen beglückt, wenn es denn beglückend gewesen sein sollte, aber Du kannst Dir leicht ausrechnen, dass dann zwischen den einzelnen Liebesakten Generationen gewesen sein müssen. Ich ziehe daraus den Schluss, dass Taxifahren niemanden kalt lässt.

Mit dem Taxi zu fahren schafft eine ganz spezielle Form der Intimität. Du sitzt auf sehr engem Raum mit einem Dir bis vor wenigen Sekunden wildfremden Menschen zusammen, Du hast ihm ohne Prüfung Dein Leben anvertraut und traust Dich nicht, seinen politischen Ansichten zu widersprechen, obwohl Du als Zahler und Auftraggeber in der stärkeren Position sein müsstest. Und wenn Du ein Berufskollege sein solltest, dann liegt Dir sogar an seinen Ansichten, Du kannst sie später als Meinung des Mannes von der Straße ausgeben oder ihn sogar als politischen Beobachter zitieren, wenn Du einen in einer Geschichte aus dem Ausland brauchst, ohne Dich in zusätzlich vielleicht gefährliche Kontakte einzulassen. Das alles ist in Athen nicht anders als sonst wo in der Welt. Und politischer Beobachter ist der Taxler ja zweifellos, wenn wir einmal davon absehen, dass der Begriff grammatikalisch falsch ist, denn gemeint ist ein Beobachter der Politik, von mir aus professioneller Beobachter der Politik, aber politische Beobachter gibt es nicht.
Trotzdem, versuche nicht, meine Darstellung mit Deiner Erzählung zu wider-

legen, Dein Taxifahrer habe pünktlich zur vereinbarten Zeit vor dem Hotel gewartet, hilfreich Deinen Koffer in den dafür vorgesehenen Raum gelegt und habe Dich nicht rauchend in angenehmer, schweigender Zurückhaltung in zumutbarer Zeit, an Deinen Bestimmungsort gebracht. Das war kein normaler Taxler. Das war eine privilegierte Kutsche, ein sogenanntes Vertrauenstaxi. Bessere Hotels haben mit Taxlern ihres Vertrauens oder ihrer Verwandtschaft eine Art Kontrakt, der Exklusivität in beiden Richtungen garantiert.

Mit dem Alltag in Athen hat das kaum zu tun. Selbst wenn Du vom Flughafen in die Stadt fährst, ist es üblich, dass der Fahrer noch andere Gäste einsteigen lässt, die ungefähr in die gleiche Richtung der Riesenstadt wollen. Das macht ökologisch unbestreitbar Sinn, ökonomisch meistens nur für den Fahrer, weil der Fahrer nicht so aufmerksamen Fahrgästen einzeln oder den verschiedenen Gruppen den vollen Fahrpreis öfter mehrfach verrechnet, wenn sie nicht sehr penibel mitrechnen. Aber das kann Dir ja eigentlich ziemlich egal sein, noch dazu, weil Taxifahren in Athen sehr billig ist. Schwieriger wird es, wenn Du in der Stadt ein Taxi brauchst. Das geht so:

Du stellst Dich an den rechten Rand der Fahrbahn, unbedingt in der Richtung, in die Du fahren willst und hebst die Hand. In kürzester Zeit wird ein gelbes Taxi mit offenem Fenster neben Dir stehen bleiben und Du schreist ihm mit lauter Stimme den Namen des Stadtteiles zu, in den Du willst. Das ist wichtig, nicht den Namen der Straße, wenn es nicht ein großer bekannter Boulevard ist, der leofóros (λεοφόρος) genannt wird (auf der vorletzten Silbe betont, wie die meisten neugriechischen Wörter). Da kann ich Dir aber als Österreicher eine Freude machen, denn auch das ähnlich klingende Wort leoforío λεοφορειο wird auf der vorletzten Silbe betont, es heißt etwas konstruiert übersetzt: Löwentragbahre (eine Mischung aus Latein und Griechisch, die ja recht häufig ist, wenn Du an automobil oder die erste Alleinregierung in Österreich denkst, sie wurde monokolor genannt) und das Wort leofeoreio (λεοφορειο) ist eine Erinnerung an die ersten in Athen fahrenden Omnibusse, die kamen aus Österreich, von der Firma Gräf und Stift, die mit dem Kopf eines Löwen geschmückt waren). Zurück zum Taxi in der städtischen Agglomeration Athen. Denn streng genommen heißt nur die Innenstadt rund um die Akropolis, und die alte Plaka Athen, die hat nicht einmal eine Million Einwohner. Die anderen drei bis wahrscheinlich eher vier Millionen wohnen in den längst zusammengewachsenen Vororten wie Kallithea, Nea Smyrni. Peristeri, Aigaleo oder eben in Piräus (Πειραιασ), Dapfni. Elefsina, das alte heilige Eleusis liegt zu weit draußen, das gehört nicht mehr zum Stadtgebiet. Und alle diese Orte haben in schöner Selbstverständlichkeit ihre Straßen benannt, wie sie es für richtig halten. So gibt es wahrscheinlich zehn Straßen, die nach Artemis benannt sind, wie viele nach Asklepios, Poseidon oder Athene weiß ich nicht und ich fürchte, viele Athener müssten dazu auch in die Bücher gehen. Du siehst der Taxifahrer hat keine Chance nur vom Straßennamen zu erkennen, wohin Du willst. Und nur wenn, er, eines anderen Fahrgastes wegen ohnehin in den von Dir genannten Stadtteil will, hast Du eine gute Chance mitgenommen zu werden.

Wenn bei so einer Fahrt mehrere Personen mitfahren, zahlt jeder Gast tatsächlich nur die seinetwegen zurückgelegte Strecke, wenn er auf den Taxameter geschaut hat. Wenn Du den Stadtteil nicht weißt, oder nicht, in welcher Richtung er liegt, dann sind Deine Chancen nicht gut. Auh nicht, wenn Du größeres Gepäck bei Dir hast, wie das damals beispielsweise eine mehr als 60 kg schwere Fernsehausrüstung war. Denn Gepäck besetzt zumindest teilweise auch den Platz, auf dem auch ein zahlender Kunde sitzen könnte. Du kannst Dir vorstellen, dass ich Athen mittlerweile ganz gut kenne, weil ich dort so viel zu Fuß gehen musste. Am einfachsen ist es, ein Hotelzimmer für eine Nacht zu buchen und Dir ein Taxi rufen zu lassen, aber dann ist Taxifahren natürlich nicht mehr billig. Am besten bewegst Du Dich in Athen, wie schon im vorigen Brief ironisch erwähnt mit der auch in Athen so genannten Metró, dazu brauchst Du nur die griechischen Buchstaben zu lernen, damit Du lesen kannst, wohin Du willst oder musst. Das ist viel einfacher, als die meisten Leute glauben, Busse sind nicht so eine gute Idee, weil Busfahrer oft streiken, warum kann ich Dir nicht in zwei Sätzen erklären, vielleicht ein andermal.

Und trotzdem geht oft in Griechenland etwas, was anderswo nicht geht. Mein Sohn wollte mich besuchen, aber nicht den heißen engen Bus benützen. Bedauerlicherweise streikten an diesem Tag die Taxler. Allerdings fand mein Sohn einen ideenreichen Burschen. Der ent-

fernte das Taxischild von seinem Auto und legte ein Schild hinter seine Windschutzscheibe, auf dem stand: „Testfahrt im Auftrag der Firma Mercedes". Eine ziemlich ideale Lösung, wie auch mein Sohn fand. Er kam ans Ziel, der Fahrer hatte sein Geld, ohne die Solidargemeinschaft der Streikenden zu verletzen und Mercedes hat genug eigenes Testgelände.
Tja, besser Jaaa

12. Brief (O dieses Licht)

Lieber Peter!
Es ist wieder einer dieser Tage mit diesem Licht. Gegen dieses Licht könntest auch nichts tun, wenn Du wollest, Du musst es schön finden. Dieses Licht verändert, Deine Sicht auf die Welt, auf den Alltag. Dieses klare Licht war es auch, da bin ich ganz sicher, warum die Griechen in eigentlich unwahrscheinlich kurzer Zeit, die größte Zahl an Genies hervorgebracht haben, in einer Konzentration, die es nicht vorher nicht nachher, nicht anderswo noch einmal gab. Ohne die geistige Vorarbeit der griechischen Menschen, … aber lassen wir es. In diesem Licht erstrahlt und das ist in dem verkehrs-

reichen Athen nicht mehr so häufig, die Akropolis, das wichtigste Gebäude der Welt, wie manche meinen und das sind keine Griechen, sondern Leute, die sich als Erben fühlen ohne eine Verwandtschaft nachweisen zu können. Es war die Göttin der Klugheit und des klaren Denkens, die dieser Stadt den Namen gab, und es war auch Athene, die die Akropolis leuchten ließ, als ein internationaler Kongress die Zukunft dieses Denkmales debattierte. Das Weiß des pentelischen Marmors, der strahlend blaue Himmel, eine so arrogante Farbkombination, dass klar sein muss, dass nicht die braven Bayern den Griechen ihre Landesfarben blau weiß schenkten. Das bayrische Blau im Rautenmuster ist ein fades Hellblau, aber das ist es in der griechischen Fahne auch, in den neun Streifen der Galanolevki[13] auch. Nun gibt es diesen faden, hellblauen Himmel tatsächlich auch, vor allem im heißen Hochsommer, wenn Dir der starke UV-Anteil im Licht jedes Foto verhunzt.

Griechenland ist ein armes Land. Diesen Satz hörst Du hier öfter, als Du ihn hören willst, aber für die Akropolis, ihre Konservierung oder Restauration ist soviel Geld da, dass österreichische Archäologen feuchte Augen bekommen. Nicht nur Geld aus Griechenland natürlich, auch der Rest Europas lässt sich seine etwas undifferenzierte Dankbarkeit manches kosten.

Vorbildlich sei, was hier geschehe, sagen die Experten und das mag Dich als Laien darüber trösten, dass Du momentan hinter all den Gerüsten, Plattformen und Kränen die Akropolis eher ahnst als siehst. Auf die Arroganz des Blauweiß haben die Kräne keinen Einfluss. Immer noch sind die Ausgrabungen nicht abgeschlossen, immer noch sind nicht alle Geheimnisse der Akropolis entschlüsselt. Das Gesamtkunstwerk Akropolis, bei dem man nicht einen Stein verschieben oder woanders hinlegen kann, ohne die Gesamtwirkung zu stören, denn es gibt weder eine waagrechte noch eine senkrechte Linie, auch wenn Dir Dein Auge das einreden will. Es ist eine kunstvolle, raffinierte optische Täuschung, die den Bau größer erschienen lässt, als er ist. Im Moment rede ich nicht über den gesamten Berg und seine Bauten sondern nur vom Haupttempel, dem natürlich Athene geweihten Parthenon. Warum heißt er dann Parthenon und nicht Athenaion oder so ähnlich. Stimmt trotzdem, parthena (παρθενα) heißt Jungfrau, weil die angeblich so kluge Athene unter den männlichen Göttern keinen passenden Partner fand, das mit der Jungfräulichkeit hingegen scheint nicht ganz zu stimmen. Denn einer der ersten Könige Athens hieß Erechthonios und wurde von ihr aufgezogen. Er entstand, als sie der von seiner Frau Aphrodite ständig mit dem Kriegsgott Ares betrogene Hephaistos ihr älterer Halbbruder, sexuell unausgelastet, wie er zwangsläufig war, in seiner Schmiede bedrängte und seinen Samen auf ihren Schenkeln abspritzte. Athene wischte die Schweinerei mit ein bisschen Wolle weg, die sie danach wegwarf. Müllcontainer hatten die armen Athener ja nicht. Daraus entstand Erechthonios, was ja nun tatsächlich der Erdwollige heißt, so ungefähr zumindest. Und Athene hatte nichts dagegen, dass der Sohn oder Neffe oder was auch immer er jetzt genau war, am ehesten entfernter Verwandter, seine Stadt nach ihr benannte. Du vermisst jetzt schon ein paar Seiten den unter uns Halbgebildeten üblichen Hinweis, dass nur wir Heutigen die Akropolis in diesem arroganten Weiß des Marmors sähen, die Alten hingegen sahen die Akropolis bunt, mit bunten Farben bemalt aber auch aus anderen Gründen nicht weiß. In feuchteren Zeiten besiedelten Mikroben den Marmor, dass er manchmal schwarz, manchmal eher grün, manchmal eher rötlich gewesen sei, alles richtig. Alte, oft farbige Stiche beweisen das. Nur das erklärt doch nicht die entscheidende Frage: Wem gehört das Denkmal, dem der es schuf, dem, der es zahlte, oder dem, der es sieht?

Die Wissenschaft behauptet heute, mittlerweile mit den Geheimnissen der Akropolis so vertraut zu sein, dass sie alles noch vorhandene Material an seine ursprüngliche Position bringen könne, abzüglich natürlich von dem, was Prominente und weniger Prominente zu allen Zeiten verschleppten.

In diesen Tagen ist es die Absicht der Wissenschafter die Akropolis so original wie möglich wiederherzustellen, das heißt unter anderem, zu entfernen was an Resten und Spuren blieb von einer einmal dort befindlichen Moschee, einer Kirche, einer Festung. So als ob ein Eingriff oder eine Hinzufügung nicht auch ein Dokument, auch der Zerstörung sei und Zerstörung nicht auch Geschichte.

Was die Akropolis ist, hängt weitgehend von der Einstellung des Betrachters ab. Weltkulturerbe der Menschheit, Sinnbild Europas, nationales Denkmal. Und darüber hinaus Symbol für die Freiheit des Denkens, für Kultur. Für Demokratie und was einem noch an klassischen Werten einfallen mag. Merkwürdigerweise ist es, dass bei allem Bemühen um Rationalität, bei allem mehr oder weniger willkürlichen Wegretuschieren nur entfernt werden soll, was später kam, also alles, was byzantinisch, italienisch oder türkisch ist, dem Perikleischen Ideal näher, allerdings den Vorschlag, die Akropolis neu zu bemalen, habe ich noch nie gehört. Dass auf dem strategisch günstig gelegenen Hügel schon lang vor der Akropolis Menschen lebten, dass das Leben weiter ging, als Athen ein elendes türkisches Provinznest war, hat keine Bedeutung. Es geht immer nur um die perikleische Zeit, diese ziemlich kurze Geschichtsspanne, als Athen alles überstrahlte, bevor es der Peloponnesische Krieg zurückwarf in die Bedeutungslosigkeit. Aber, dass Leben eben Veränderung ist, dass es ewig nicht gibt in dieser Welt, diesen beängstigenden Satz zu widerlegen, ist Aufgabe dieses Denkmales. Und so steht das gleichmütig, arrogante Blauweiß auch für den Versuch, Logik und Traum zu kombinieren. Ein unveränderliches Denkmal der Logik des Denkens, die aus Marmor geformte Dokumentation der Vernunft zu erhalten, heutzutage mit Hilfe moderner Chemie erst zu

schaffen, dieser Wunsch ist es, den so zu formulieren ein wissenschaftlicher Kongress gebildeter, kluger Fachleute nicht wagte. Ich habe heute einen ganzen Tag auf der Akropolis verbracht, zum ersten Mal in meinem Leben ohne Fotoapparat und Videokamera. Und zum ersten Mal habe ich mich über all die Touristen gefreut, die erhitzt und auf den glatt polierten Steinen ausrutschend dem Denkmal auf ihre Art gehuldigt haben.
Jaa

13. Brief (Kein Vorbild)

Lieber Peter!
Jetzt siehst Du, wie gut es war, dass ich meine Briefe an Dich nummeriert habe, jetzt kann ich Dich also bitten, noch einmal den siebten Brief zu lesen. In dem ist von der schönen griechischen Tradition die Rede, dem jeweils ausgeschiedenen früheren Regierungschef ein Verfahren wegen Korruption anderer Gesetzesbrüche und Amtsmissbrauches anzuhängen. Beachtenswert erschien mir der Hinweis, dass solches einem amtierenden Ministerpräsidenten niemals, einem in der Wahl unterlegenen aber ziemlich sicher passiert. Als

Andreas Papandreou mit seiner PASOK
die Wahl verlor, erging es ihm so. Er
wurde, wie erwähnt, frei gesprochen.
Jetzt erwischte es, übler noch, Konstatantin Mitssotakis.
Mit der nunmehr großen Mehrheit der
PASOK wurde beschlossen, ein Verfahren gegen ihn zu eröffnen, auch wegen illegaler Telefonabhöraktionen.
Die Nea Demokratia stimmte dagegen,
unterlag aber. Nun hat das Parlament
mit gleichen Mehrheitsverhältnissen
beschlossen, das Verfahren einzustellen. Natürlich war die ND dagegen,
hatte aber bei dem Mehrheitsverhältnis keine Chance. Das war Dir jetzt zu
schnell, Du hast den Überblick verloren. Nun ich sagte Dir, glaube ich
schon mehrfach, dass wir noch einiges
lernen können von der ältesten Demokratie der Welt. Mitsotakis riskierte
überhaupt nichts, als er publikumswirksam verlangte, vor Gericht seine
Unschuld beweisen zu können, weil er
wusste, dass die regierende PASOK bald
die Stimmen seiner Partei, der ND deren Ehrenvorsitzender er war, brauchen
würde. Das liegt daran, dass in Griechenland demnächst ein neuer Staatspräsident gewählt werden muss, nicht
weil der älteste griechische Politsaurier, Konstantin Karamalis etwa amts-

müde wäre wäre und freiwillig aufgeben wolle, nur weil er bald hundert wird. Die Verfassung verwehrt ihm, im Amt zu bleiben. Der Staatspräsident wird hierzulande vom Parlament gewählt, im letzten Wahlgang braucht der Kandidat drei Fünftel der Stimmen. Kommt diese große Mehrheit nicht zustande, wird das Parlament aufgelöst. Und davor haben natürlich alle Parteien Angst, am meisten logischerweise diejenige, die gerade die Mehrheit hat. Die Griechen haben in den vergangenen anderthalb Jahren dreimal wählen müssen (Parlament, Europa und Gemeinden. Weil seit altersher Wahlpflicht herrscht könnte es zu einem Ostrakismos[14] kommen, ein hierzulande erlaubtes Bild. In einem Scherbengericht konnten sich Athener eines ungeliebten Politikers entledigen, wenn sie ihn mit Mehrheit der angegegeben Stimmen aus der Stadt verbannten. Und die derzeitigen Umfragewerte aller Parteien verheerend zu nennen wäre geprahlt. Die ND hingegen zeigt durchaus Interesse an Neuwahlen, sie kann es sich nicht verschlechtern, nicht in der Regierung ist sie sowieso. Also genießen es die neuen Demokraten, die Sozis ein wenig zu quälen und jeden bisher vorgeschlagenen Kompromisskandidaten abzulehnen. Und

jetzt beginnst Du zu verstehen, warum Mitsotakis nichts riskiert, weil in der gegebenen politischen Situation ein Gerichtsverfahren nicht sinnvoll und daher nicht möglich erscheint. Jetzt besteht die Gefahr, dass der fintenreiche Taktiker Papandreou seinen Gegner Mitsotakis zum Staatspräsidenten vorschlägt, ein Angebot, dass die ND kaum ablehnen könnte, auch wenn sich viele in der Partei bei dem Gedanken verkrampfen, dass der gerade auf den weniger bedeutenden Posten des Ehrenvorsitzenden abgeschobene Mitsotakis wieder da wäre. Versteh mich bitte nicht falsch: Angst vor dem Wähler zu haben, scheint für die Parteien in einer Demokratie prinzipiell gut, aber ob das griechische Rezept, das allerbeste ist, bezweifelt Dein
Wilfried Seifert

Lass mich mit einem Rätsel aufhören, zwei Rätseln genauer gesagt.
1. Wir hatten einmal eine Woche lang in Athen zu tun und glaubten nach langer Pause jetzt wieder täglich die doch vermissten österreichischen Zeitungen zu bekommen, die es bei uns im Süden nur mit eintägiger Verspätung und das nur im

August gibt. Aber in den Kiosks im Herzen Athens gab es nur ein einziges österreichisches Druckwerk, das in seiner jeweils aktuellsten Ausgabe vor lag. Es war keine Tageszeitung, eher eine Zeitschrift. Ich würde Dich jetzt gern in ein längeres Frage- und Antwortspiel verwickeln, in dem ich 15 mal überlegen sagen könnte: „Nein, die (das) ist es nicht." Ich fürchte allerdings das ist sinnlos, weil Du das gemeinte Druckwerk wohl nicht kennen, ja nicht einmal in der Hand gehalten haben wirst: Die Rede ist vom ÖKM, dem österreichischen Kontaktmagazin, es enthält praktisch ausschließlich Inserate des Typs: „Ehepaar such Gleichgesinntes", hier und da mit weniger erfreulichen Fotos dazu. Ich werde diesen Österreichischen Export nicht kaufen, das überlasse ich getrost Dir.

Wir kommen zur zweiten Frage:
2. Im Rathaus der ägäischen Insel Siros steht ein ehemals von Kaiserin Elisabeth (Sissi, eh schon wissen) benutzter eher schlichter, einspänniger Wagen, den ein treuer Untertan seinem offenbar völlig pleite gegangenen Kaiser abkaufte. Womit

handelte der gute Mann sonst auf Siros? Es gab sogar mehrere Händler, sie alle verkauften die offenbar begehrten Lose der österreichischen Kriegsblindenlotterie. Das sind Angaben aus der heimischen Wirtschaftsgeschichte, die Sie sonst wo kaum finden wirst und die allein schon den Kauf dieses Buches sinnvoll gemacht haben.

POST SCRIPTUM

Damit enden meine Briefe aus den Neunziger Jahren, aber ich schulde Ihnen noch, die Erlebnisse mit der neuen, jetzt teilprivatisierten Strombehörde. Anlass ist, Sie werden es sich denken können, meine Photovoltaikanlage. Geliefert und montiert war sie gegen geringes Geld im Handumdrehen. Dann kam die teurere und langwierige Bürokratie. Leider stellte sich heraus, dass unser Stromzähler an falscher Stelle montiert war, nämlich direkt am Haus und nicht dort, wo er sein muss, in einem eigenen Betonkasten am Zaun. Wir ließen uns dieses Monster bauen, das die vorhergehenden fast zwanzig Jahre niemandem abgegangen war. Uns nicht und auch der DEI nicht, das ist die griechische Elektrizitätsgesellschaft. Ein Schmuckstück ist er gerade nicht, ein etwa 1,6 m hoher und breiter Betonklotz, vielleicht 50 Zentimeter tief, aus Sichtbeton. Da ist jetzt der Zähler untergebracht, der den Strom misst, den wir erzeugen und ein Modem, das die Daten der DEI übermittelt. Doch die hat inzwischen eine Tochter, die aus ihrer Verbindung mit ihrer Teilprivatisierung an ein deutsches Unternehmen hervorging, die DDEI. Das erste D steht heute selbstverständlich für Digital und darum ist neben dem neuen Zähler ein Modem angebracht, das die Daten selbstständig an die DDEI sendet, weil jetzt die DEI Strom sendet und die DDEI dafür kassiert. Warum wir für Anbringung eines automatisch arbeitenden Modems einen vorgeschriebenen Betonschrank brauchten, konnte uns bisher niemand erklären. Und der alte Zähler, der unseren Verbrauch misst, hängt nach wie vor an seinem alten, angeblich illegalen Platz; also direkt am Haus; Pfui illegal). Es sind nämlich in den vergangenen Monaten so viele neue Häuser gebaut und eben auch Stromanschlüsse hergestellt worden, dass der DDEI die Zähler ausgingen. Weil wir jetzt zwei Zähler an verschiedenen Stellen haben, am Haus und am Zaun, kommen neuerdings zwei Männer, um sie abzulesen. Was das Modem tut, kann ich Ihnen nicht sagen; wenn wir nicht in Griechenland wären, wäre ich sehr misstrauisch. Seitdem wir die stromerzeugende Anlage haben, mussten wir keine Stromrechnung mehr zahlen. Weil wir mehr produzieren (immer), als wir verbrauchen (eben nicht immer). Was mit dem überschüssigen Geld passsiert, kann ich Ihnen leider auch nicht sagen, ich fürchte allerdings, dass wir Guthaben speichern, die ich altersbedingt wahrscheinlich nicht mehr alle einlösen können werde. Jetzt sinnlos Strom zu verschwenden, kann ich mir trotz Photo-Voltaik als Konrad-Lorenz-Preisträger nicht erlauben. Insgesamt ist es für mich ein Grund, Griechenland noch ein wenig mehr zu mögen, so wichtig ist die Beteiligung der Deutschen an der DEI auch wieder nicht. Mehr und längerfreistige Sorgen macht mir, dass der berühmte, besungene Hafen von Piräus (πειραιας) jetzt mehrheitlich den Chinesen gehört. Könnte gut sein, dass auch die eigentliche Funktion des Hafens dieselbe ist, die man den so zahlreichen chinesischen Gasthäusern in Wien nachsagt: Ihre eigentliche Funktion sei es, Landsleute zu importieren und im fremden Land aufzufangen. Die Mehrheit der Arbeitsplätze in Piräus ist mit Chinesen besetzt.

Zu den Briefen aus den Neunzigern ist noch einiges Wichtiges zu sagen. Griechenland hat sich seitdem beachtlich weiter entwickelt, gerade auch in Sachen Ökologie, aber auch, was das Angebot in den Supermärkten betrifft. Wir nehmen uns bei unseren Besuchen in Österreich nichts mehr nach Griechenland mit, weil es hier mittlerweile fast alles gibt, das es auch in Österreich gibt. Ich habe Ihnen schon berichtet, dass ich aus Gründen der fortschreitenden Digitalisierung aber auch aus ganz banalen Altersgründen meine Tätigkeit als Fernsehproduzent eingestellt habe. Dabei hat es eigentlich ganz gut angefangen.

In der ersten Geschichte ging es um Kalavrita, diese Stadt gehört zu einer Gemeinschaft, die es nicht geben dürfte, Sie gehört zur Gemeinschaft der gemarterten Städte, wie z.B. Guernica oder Coventry. Dort lief im Zweiten Weltkrieg eine deutsche Einheit in die Falle griechischer Partisanen. Die Gefangenen wurden, gegen jedes Kriegsrecht getötet, angeblich mit Draht gefesselt und in die Bergschluchten geworfen. Natürlich rückte die deutsche Wehrmacht zur Vergeltung an. Die Männer in dem Dorf Kalávrita (drittletzte Silbe betont) wurden erschossen, Frauen und Kinder in die Schule des Dorfes gesperrt und die Schule angezündet. Die Legende erzählt, dass ein Soldat die Schultüren wieder aufsperrte, sodass die meisten überlebten, auch weil die Frauen vorher ihre Kinder aus den Fenstern der kleinen Schule ins Freie, in die Hände hilfsbereiter Nachbarn vielleicht, geworfen hatten. In der Legende war dieser mitfühlende Soldat nie ein Deutscher sondern entweder Italiener oder Österreicher. Die Wahrheit ist allerdings, dass die erste Gruppe, die gefangen und getötet worden war, ausschließlich aus Gebirgsjägern bestand und das waren in aller Regel Österreicher. Kompaniekommandant war ein

Hauptmann Schober, Sohn des ehemaligen Österreichischen Bundeskanzlers und Polizeipräsidenten von Wien, Johann Schober. Bei einem Besuch des ehemaligen deutschen Bundespräsidenten Weizsäcker in diesem Ort des Massakers, kam ein Füllhorn über die gemarterte Stadt. Aus persönlicher Betroffenheit sorgte Weizsäcker dafür, dass der bis dahin weitgehend unbekannte Ort, großzügige deutsche Reparationen erhielt. Die Dorfbewohner nützten das Geld, um ihr Bergdorf zu einem Skizentrum vor allem für die nicht weit entfernt wohnenden Bürger der Großstädte Athen und Patras auszubauen. Kalávrita liegt im Nordwesten der Peloponnes, nicht weit von Patras. Die Liftanlage lieferte die in Österreich nicht unbekannte Firma Doppelmayer. Ich erzähle gerne von diesem Dreh, weil ich auch die Gelegenheit nützte, wieder einmal Ski zu fahren und ich war zum ersten Mal, was ich in Österreich nie war, der König der Piste.

Auch der zweite Dreh spielte teilweise im Schnee. Auch wenn das mit Ihrem Griechenlandbild nicht übereinstimmt, es schneit auch in Griechenland ziemlich regelmäßig im Winter. In dieser Geschichte, von der ich jetzt erzähle, lag im Pindosgebirge, in der Nähe der albanischen Grenze so viel Schnee, dass wir mit dem Auto nicht hinkamen. Die Wegweiser zu den Bergdörfern ragten nur ganz knapp aus der Schneedecke hervor, Straßen waren nicht zu erkennen. In der Gegend wohnen praktisch ausschließlich Schafhirten und Züchter. Weil die in dem hohen Schnee keine Überlebenschance haben, wandert das ganz Dorf im Herbst in die meernäheren, schneefreien Ebenen. Alle die zum alten Wanderhirtenvolk der Vlachen gehörenden Menschen, die Ihnen vielleicht als Walachen in nicht so präziser Erinnerung sind, wandern bergab, auch die Kinder mit Schule und Lehrern, auch die Schafe. Natürlich werden mittlerweile die meisten Schafe mit Lastwagen die zweihundert Kilometer lange Strecke transportiert, aber als wir die Geschichte machten, gingen noch viele zu Fuß, von berittenen Hirten begleitet, Sheepboys geradezu. Ich weiß, dass das englisch shepherd heißt, aber mir gefiel es besser, sie enger an die Cowboys anzupassen. Die Dörfer werden nicht gänzlich verlassen. In jedem Dorf bleiben einige Männer zurück, grundsätzlich nur alte Männer. Sie sind bewaffnet und von den jetzt abwesenden Dörflern mit Vorräten für den gesamten langen Winter ausgerüstet. Ob es nur deswegen alte Männer sind, weil um die weniger schade wäre als um die jungen oder weil man den Alten die Strapazen der weiten Wanderung ersparen will, haben wir nicht erfahren. Ihre urspüngliche Aufgabe war, ihre Dörfer vor Wölfen und Bären zu schützen, jetzt sind es eher Albaner, gegen die das Dorf geschützt werden soll, weil die über die nahe Grenze kommen und bei Schneefall in den verlassenen Dörfern Schutz suchen und dabei oft Möbel und Fußböden verheizen. Beim ersten Mal haben wir es, wie gesagt nicht geschafft. Beim zweiten Versuch ließ der Bürgermeister den wahrscheinlich bezirkseigenen massiven Schneepflug uns voraus in das angeblich höchste Bergdorf Griechenlands Samaria fahren. Die vier alten, als Wächter zurückgelassenen Männer begrüßten uns begeistert. Jetzt war Februar und sie hatten seit dem Dezember des vergangenen Jahres keine Abwechslung mehr gehabt. Sie bewirteten uns aus ihren reichlichen Vorräten, wir mussten nur ezählen, was wir an Neuigkeiten wussten. Natürlich machten wir auch ein längeres Interview mit dem einen, der deutsch sprach, weil er vor vielen Jahren in Deutschland gearbeitet hatte, bei Siemens, wenn ich mich recht erinnere. Er erzählte, dass er und seine Kollegen die Albaner nicht mit Waffengewalt vertrieben sondern die Gewehre nur zur Sicherheit bei sich trügen, wenn sie die vorbeiwandernden Albaner Gruppen mit Schokoladen oder Bonbons (sic) oder Lebensmitteln beschenkten. Wir versprachen wieder zu kommen, wenn der Schnee geschmolzen sein würde. Es dauerte bis zum 15. Mai, dem Fest des mir bisher nicht bekannten Heiligen Achilios. Dann kamen die Menschen wieder, mit ihren Schafen. Sie feierten selbstverständlich ein Fest, als sie wieder in ihrem Dorf waren, luden uns dazu ein und sie schlachteten nach sehr alter Tradition ein Extraschaf für uns beide. Auch der Dorfpolizist feierte mit. Seine Aufgabe ist es, in einem der ältesten Konflikte der Menschen zu vermitteln, wahrscheinlich dem ältesten der Menschheit, dem zwischen Sesshaften und Wandernden. Beim nächsten Beitrag, von dem ich erzählen will, wird es endlich ein wenig frivol. Es ging um ein Porträt der Geliebten von Ministerpräsident Andreas Papandreou, sie hieß Dimitria Liani wurde nur Mimi genannt und war von Beruf Stewardess, was die Griechen für die boshafte sexistische Bemerkung nutzten, der einzige Pilot mit dem Mimi nicht im Bett gewesen wäre, wäre der Autopilot. Eine prinzipiell der PASOK nahestehende Zeitung, war nicht mehr so richtig glücklich mit Papandreou, auch weil sie das Gefühl hatte, der alte Mann werde von seiner wesentlich jüngeren Geliebten zu sehr beeinflusst. Sie veröffentlichte auf der Titelseite ein Foto, auf dem Mimi nackt, mit geöffneten Schenkeln am Strand sitzt. Ihre Scham wird bedeckt von der Hand einer anderen, ebenfalls nackten Frau. Die Bildüberschrift lautete; „Die da regiert uns." Wir machten über Mimi eine Geschichte. Darin kam ein Interview vor mit der Schwester der nicht nur aus Alexis Sorbas bekannten Schauspielerin Irini Pappas. Sie, die Schwester von Irini Pappa war ein populäres Mitglied der PASK. Sie konstatierte ziemlich kühl, sie könne die Aufregung um die Frau in der Politik nicht verstehen, die Männer Griechenlands seien ja nicht gerade für ihre weitsichtige Politik bekannt. Trotzdem stieg die Aufregung, weil es Papandreou immer schlechter ging und er im Spital an alle möglichen lebenserhaltenden Maschinen angeschlossen wurde und man jederzeit mit seinem Ableben rechnen musste. Der behandelnde griechische Arzt stand mir zu einem Interview zur Verfügung und sagte auf die Frage, wie lang der Herrn Ministerpräsident zwischen all den lebenserhaltenden Maschinen überleben könne, einen bemerkenswerten Satz der zynischer rüber kommt als er gemeint war. „Wissen Sie, die Kommunikation zwischen diesen modernen Maschinen ist mittlerweile so gut, da stört sie das Bisschen menschliche Leben dazwischen überhaupt nicht." Zur Überraschung aller wurde Papndreou geheilt und aus dem Spital entlassen, wirklich gesund wurde er wohl nicht mehr. Im Falle seines Todes hätte man Mimi durchaus zugetraut, die Macht in der PASOK in einem Handstreich zu übernehmen. So aber titelte die gleiche Zeitung: „Die Panagía (Allheilige, Beiname der Gottesmutter Maria) hat ein Wunder getan." Natürlich musste ich in meinem Beitrag das erwähnte Titelblatt zeigen. Der damalige Chefredakteur, der vom Radio zum Fernsehen übergewechselte Roland Machatschke kam, ganz gegen seine Gewohnheit, meinen Beitrag zu kontrollieren, weil ihm berichtet worden sei, der sei pornografisch. Klarerweise ging die Geschichte unverändert auf Sendung. Machatschke war amüsiert über die ihm von einem eifrigen Kollegen zugetragene Warnung. Auch Roland Machatschke zählt zu den überaus positiven Erinnerungen an meine ehemaligen Kollegen. Aber vielleicht sollte ich den erwähnten Alexis Sorbas als Beispiel dafür nehmen, welche ihm angebotenen Geschichten der ORF nicht nahm, viel mehr als ich hier schreiben kann und will. In der Gegend, in der wir lebten, hatte auch der historische Alexis Sorbas gelebt, historisch korrekt hieß er allerdings Georgios. Es gibt dort den Strand, an dem die beiden Männer Syrtaki tanzen, auf der Straße zu diesem Strand ein Bild eines lokalen Künstlers, auf dem man mit einigem guten Willen die beiden Hauptdarsteller Anthony Quinn und Alan Bates erkennen kann, es gibt das Bergwerk, das sie ausbeuten wollten. Und es gibt das Haus am Strand, in dem der Verfasser des Sorbas, Nikos Katzanzakis lebte. Er war der Eigentümer des erwähnten ebenfalls noch vorhandenen Braunkohlebergwerks, weil Griechen, die in der Energiegewinnung tätig waren, im Ersten Weltkrieg nicht zum Militär einrücken mussten. Und Katzanzakis Eltern waren offenbar ausreichend wohlhabend, ihrem Sohn das Erlebnis des Kriegs zu ersparen. Wir fanden auch noch ein lebendes Patenkind des Sorbas, dazu einen Schmied der in dem Bergwerk gearbeitet hatte und einen Mann, der sich an die Witwe erinnern konnte, die historisch allerdings angeblich nicht umgebracht worden, sondern in die Stadt gezogen sei. Die dazu passende Musik lag sozusagen auf der Hand, es hätte eine hübsche Geschichte werden können. Der ORF hat sie mit der Begründung abgelehnt, dass der Film Alexis Zorbas zu alt sei und nur noch für alte Zausel wie mich noch eine emotionelle Bedeutung habe. Hingegen gelang es mir, eine Geschichte mit noch älteren Bezügen zu verkaufen. Die Griechen wollten ihren im Nordwesten des Landes gelegenen Fluss Achelóos (die beiden Os werden getrennt gesprochen und auf dem ersten O betont) durch das Gebirge in Richtung Athen, Attika umleiten, um die Trinkwassersituation Athens zu verbessern, ein wenig Strom zu produzieren und die Weidesituation und den Tabakanbau in Attika bewässern. Dafür war eine viele Kilometer lange Untertunnelung des Gebirges vorgesehen. Weil sich die Griechen nicht entscheiden konnten, was ihnen am wichtigsten war, Trinkwasser. Strom oder Tabak zog die EU die schon gegebene Finanzierungszusage zurück, Förderung des Tabakanbaues wollten sich Euroregenten nicht vorhalten lassen.

Was der ältere Bezug dazu ist? Nun Acheloos ist ein Flussgott des griechischen Mythos, der in einem Kampf um die schöne Deaineira gegen den Halbgott Heralkles eines seiner Hörner verliert, aus dem das sich ständig nachfüllende Füllhorn wird. Es gab damals die schon erwähnte staatliche Zement- und Betonfabrik Herakles, und das nie versiegende Füllhorn stand für den erhofften elektrischen Strom. Da wurde eben nichts daraus und ich wurde meiner Tradition gerecht, ein umweltbelastendes Bauwerk (mit) verhindert zu haben, denn natürlich schenkte ich den griechischen Umweltschützern mein professionell gedrehtes Bildmaterial. Hingegen wurde nichts aus der meiner Ansicht nach auch schönen Geschichte. Auf dem Höhepunkt der Spannungen zwischen der Türkei und Griechenland erfuhren wir, dass auf der kleinen Insel Kastelórhizo (alt, drittletzte Silbe) in mit einem Ruderboot zu bewältigender Entfernung zum türkischen Festland, die griechischen Inselbewohner prinzipiell ihre Nahrungsmittel in der Türkei einkauften, weil es dort billiger war, die Türken hingegen am Abend auf die Insel kamen und sozusagen das Geld zurückbrachten, weil sie auf griechischem Boden den in der Türkei damals verpönten Alkohol trinken und dem in der Türkei damals verbotenen Kartenspiel nachgehen konnten. Und vielleicht noch schöner, der Konflikt um die winzige Insel Imia. Die liegt in der Nähe von Bodrum und wurde immer nur vorübergehend bewohnt, nicht von Menschen, sondern nur von mit Booten zum Weiden hingebrachten Schafen. Lausbubenstreiche junger Türken gegen junge Griechen, die die Insel wechselnd besetzten und die Fahne ihres jeweiligen Landes hissten, reizten die Politiker beider Länder bis zu offenem Kriegsgeschwätz. Bis sich ein alter griechischer Apotheker fand, der erklärte, er könne mit altarabischen Dokumenten beweisen, dass die Insel sein Privateigentum sei und das einzige, was er dort dulde, sei ein Schild mit zweisprachiger Aufschrift „Betreten verboten":

Es ist nicht wahrscheinlich, aber möglich, dass wir einen anderen Auftrag deswegen erhielten, weil der ORF so viele von mir vorgeschlagene Geschichten abgelehnt hatte. Es kam ein Anruf, des Fernsehens, ob wir uns in einer Woche für vierzehn Tage freimachen könnten, die Frage war nicht ironisch gemeint, aber wir wurden nur als Fernsehteam gebraucht, nicht als Gestalter. Es liegt in der Logik der ORF-eigenen Kameralistik, dass man als Team mehr verdienen kann, denn als Gestalter, weil man im ersten Fall als Materialkosten ausgewiesen wird, während man im zweiten Fall als Personalkosten aufscheint, die der ORF aus verständlichen Gründen so gering wie möglich zu halten, sich bemühte. Wir bekamen für die Dauer der Dreharbeiten, einen Kollegen aus der Wirtschaftsredaktion als Chef, der wesentlich jünger war als ich und daher auch weniger Fernseherfahrung hatte und peinlicherweise im Gegensatz zu mir von unseren Gesprächspartnern in Ostasien nicht erkannt wurde. Es ging um Projekte der VOEST in Ostasien, ua ein Spital in Shanghai. Die VOEST, genauer ihre im medizinischen Sektor tätige Tochter VAMED, wollte aus Imagegründen als international tätige Firma im Fernsehen erscheinen und bestritt die Kosten für ein dreiköpfiges Team. Für ORF-Angehörige wurden bei Auslandsdienstreisen prinzipiell keine Überstunden bezahlt, weil der ORF den bezahlten Aufenthalt im Ausland als ausreichende Vergünstigung empfand. Unser Redakteur schrieb trotzdem die Überstunden mit, weil er diese von ihm als ungerecht empfundene Vorgangsweise kritisieren wollte. Er errechnete in der vierzehntägigen Dienstreise 84 Überstunden, ich erspare Ihnen die Kopfrechnung, sechs Überstunden am Tag. So landeten wir gegen zwei Uhr früh in Singapur und mussten noch auf einem die ganze Nacht geöffneten foodmarket drehen also einem Markt, auf dem man die ganz Nacht Essen kaufen aber auch essen konnte. Weil vor allem die Fische ständig mit Wasser gekühlt werden mussten und das Klima sehr heiß war, hat irgendwann unser Rekorder den Geist aufgegeben, weil er zu feucht wurde. So konnten wir noch ein wenig schlafen, bis wir am nächtsen Morgen die Chinesen bei ihren Schattenboxübungen filmen mussten. Es ging nach Singapur, Shanghai, Bangkok, Java und Batavia, das heutige Djakarta.

Keine Frage, wir hatten faszinierende Eindrücke in der uns so fremden Welt, nicht nur positive. So waren wir in Bangkok in der angeblich größten Mülldeponie der Welt, so groß wie Wien südlich der Donau. In dem unglaublich riesigen, unglaublich stinkenden Müllabladeplatz waren drei Dörfer hineingebaut, die Häuser bestanden aus den überreichlich vorhandenen Abfällen, Plastik und Karton. Kinder spielten in dem Dreck, die Familienväter arbeiteten auf dem Platz, indem sie brauchbare Reste, wie Glas, Plastik und Papier aussonderten. Die Jobs galten als gut bezahlt, besser jedenfalls als „normale" Arbeitsplätze in der Stadt. Das könnte aber auch den Grund darin gehabt haben, dass die Müllarbeiter keine Pensionsvorsorge treffen mussten, keiner von ihnen erreichte das Pensionsalter. Das war die eine Seite der Reise, die andere war unsere Unterbringung in den Hotels. Es gab nicht nur die mittlerweile auch in Europa übliche überflüssige Hotelgrundversorgung wie Badeschlapfen Bademantel, alle Arten von Shampoos, Seifen, Zahnbürsten, Rasierapparaten, Rasierwasser etc, sondern auch mit unseren Namen und dem Namen des Hotels in goldenen Buchstaben bedrucktes Briefpapier in den Zimmern. My residence in Djakarta is Hotel XYZ, Adresse, Tel-Nr. Post code. Wir blieben zwei Nächte im Hotel, kamen aber kaum zum Schlafen und nützten auch das Briefpapier mit den Goldbuchstaben nicht. Dafür kann ich jetzt noch nachschauen, wo wir eben in Djakarta kaum geschlafen hatten.

Unsere nächste größere Reise stand zur eben erzählten in krassem Gegensatz, es ging, auf ORF-Kosten, nach Namibia, zu den ersten Wahlen, die von der UNO anerkannt werden sollten. Das heißt, genauer gesagt, wir fuhren nicht zu den ersten Wahlen, weil wir da als minimal ausgestattetes Kleinteam keine Chance gegen die internationalen Teams aus der ganzen Welt gehabt hätten, wir konzentrierten uns auf die Zeit davor. Die Wahlen wurden international für bedeutend erachtet, weil sie als Probelauf für Südafrika angesehen wurden, die Dokumentation hieß daher: Experiment in Schwarz und Weiß, aber sie war natürlich in Farbe gedreht. Weil Namibia, nicht sehr lange, aber doch einmal deutsch gewesen war, gab es in Windhoek, der Hauptstadt Köstlichkeiten, die wir bei uns in der Mani vermissten. Essiggurkerl, Schwarzwälder Schinken, Schwarzbrot und Biergärten. Meine Frau litt in Namibia unter dem Essen, denn in dem extrem trockenen Land musste alles Gemüse importiert werden und war daher entsprechend teuer. Es gab fast immer Fleisch, ein köstliches deutsch-afrikanisches Gericht habe ich im Kaffee Schneider gegessen: Krokodilgeschnetzeltes mit Spätzle. Das war die erste Reise, bei der wir beginnen mussten, uns neue Einkommensquellen zu überlegen. Denn wir kamen nur auf unsere Kosten, weil ich nicht nur eine etwa dreiviertelstündige Dokumentation aus dem Material schnitt, sondern auch eine kurze Geschichte über einen mit einer schwarzen Frau von den Ovambos verheirateten Österreicher, der ein Reiseunternehmen in Namibia aufgezogen hatte, eine Kulturgeschichte über Felszeichnungen in dem Land, eine lange Radiogeschichte und schließlich noch eine doppelseitige Geschichte im Kurier machte. Zu erwähnen ist noch, dass es in Namibia offiziell keine Apartheit gab, außer in der Zeit nach dem Ersten Weltkrieg als die bis dahin deutsche Kolonie von der Republik Südafrika regiert wurde. Unsere Spesen konnten wir nicht zur

Gänze verrechnen, weil die Kollegen im ORF-Zentrum sagten, das hättest Du auch in drei Tagen drehen können statt in fünf, was aber bedeutete, dass für die beiden gestrichenen Tage, weder Diäten, noch Leihauto nach Unterbringung gezahlt wurden, sodass es sich nur mit einem knappen Verdienst rechnete. Wir mussten eben als positiv werten, dass wir länger als einen Monat im südlichen Afrika verbracht hatten, was ja ein wesentlicher Sinn unserer unsicheren Selbstständigkeit war. Aber es gab noch mehr Geschichten aus Griechenland. Vielleicht können Sie sich nicht erinnern, aber es gab damals, als Österreich der EU beitrat auch einen größeren Bedarf an Geschichten aus Europa und damit auch aus Griechenland; ein erst nach dem EU-Beitritt extra mit dem Schwerpunkt Europa geschaffenes Magazin hieß Kompass, diesem Magazin und dessen Chef Werner Mück verdanken wir, dass wir als Fernsehproduktionsfirma noch eine Weile überlebten und als es nicht mehr ging, war es auch Werner Mück, der mir den schon beschriebenen Job bei der Sendereihe Universum verschaffte. Auch dass ich dort nicht glücklich war und aus den beschriebenen und andren Gründen nicht glücklich war, nicht werden konnte, habe ich erzählt.

Aber es gibt noch eine Geschichte aus Griechenland, die ich gerne erzähle, weil sie so typisch ist für das Land. An dieser Geschichte hatte wahrscheinlich auch der ORF seine helle Freude, weil sie die Überlegenheit des Fernsehmonopols betonte. Im Grund hätte ich mich ja als freier Produzent über den größeren Nachfragemarkt freuen müssen, aber für Privatfernsehanstalten in Deutschland und Italien gab es keine Geschichten, die wir machen konnten, oder wollten. In Griechenland gibt es zahlreiche

Privatsender, kleine Goldgruben und im Grunde würde es mich reizen für sie zu arbeiten. Wieviele Kleinstsender es gibt, weiß niemand so ganz genau, auch weil sich diese Zahl täglich ändert. Alle diese Fernsehstationen haben nämlich nur eine provisorische Lizenz und damit keine geschützte Frequenz, wenn der Nachbar einen um 20 Watt stärkeren Sender hat, bist Du ausgeschieden. Zu der Zeit als diese Geschichte entstand, arbeiteten die Kleinsender ausschließlich mit dem Amateurformat VHS, für die Nachrichten und die Werbung. Mit dem bestritten sie auch ihr Geschäft, mit der Werbung. Ich kam auf die Geschichte, weil ich einmal zufällig Zeuge der Produktion eines Werbefilmes wurde. Während ich mich im Schuhgeschäft bedienen ließ, kam ein jüngerer Mann herein, der einen VHS-Camcorder auf der rechten Schulter trug. Die linke Hand hatte der Mann in der Jackentasche und zog sie nie heraus. Ich beobachtete, dass der junge Mann, dessen Motiv ich nicht ahnen konnte, ziemlich wild in der Gegend herumschwenkte, wobei er allerdings auffallenderweise nie Leute in dem Geschäft aufnahm. Sein Hauptinteresse galt den auf Regalen aufgereihten Schuhen. Ich habe diesen Werbefilm später tatsächlich im Fersehen gesehen. Es war rührend und nicht ganz so merkwürdig, wie der im gleichen Sender gezeigte ca. 2-minütige Werbefilm über Autos. Darin sah man nie ein Auto, schon gar nicht ein mit Leuten besetztes fahrendes Automobil, sondern lediglich den abgefilmten Prospekt. Werbung auf diesem Niveau hat den ganz unbestreitbaren Vorteil, dass sich auch ein Greißler eine Fernsehwerbung leisten konnte, denn Filmproduktion und Ausstrahlung eines einminütigen Beitrages eine Woche täglich kosteten umgerechnet nicht ganz

20 Euro, nein das geht nicht, es waren etwa 200 Schilling. Ich habe mich nicht beworben, obwohl ich die verlangte und gebotene Qualität locker geschlagen hätte. Bei meinen Recherchen zu diesem Thema stieß ich auf Steve. Das war ein geborener Grieche, nach den USA ausgewandert und wie so viele seiner Landsleute von Heimweh wieder nach Griechenland zurückgetrieben. Jetzt war er Fernsehkontrolleur für US-amerikanische Filmfirmen. Er bezahlte 2.000 Familien dafür, dass sie ihre Fernsehabende auf VHS-Kassetten aufzeichneten und ihm ablieferten. Wenn die Sender für die amerikanischen Filme keine Lizenzen bezahlt hatten, was meistens der Fall war, zeigte sie Steve an. Die Kleinsender konnten natürlich keine Filme produzieren und auch nicht die Gebühren für internationale Produktionen zahlen, sie gingen wie jeder andere Konsument in eine Videothek, borgten sich gegen geringes Geld einen Film aus und brachten ihn auf Sendung, ohne sich um andere Fragen zu kümmern. Steve erzählte ganz traurig von zwei Fällen, wo er trotz evidenter Produktpiraterie nichts ausrichten konnte. Und das obwohl in seinem Büro ein ihm im Vietnamkrieg verliehener Orden hing. Einmal lag es an dem banalen Zufall, dass der Chef des Senders den gleichen Familiennamen trug wie der Präsident des Staates Stephanopoulos im zweiten Fall argumentierte der informierte Staatsanwalt schon fast tragisch, wie Steve erzählte; „Bis der Sender zum Schweigen gebracht ist, dauert es mindestens zwei Wochen. Und in diesen vierzehn Tagen würde ich jeden Tag die Meldung hören: Faschistischer Staatsanwalt will die einzige Stimme der Freiheit in Westkreta zum Schweigen bringen." „See, so the action did not go through", schloss Steve resignie-

rend. Griechenland unternahm lange nichts gegen diese kleinen Sender, sodass das Land auf eine sogenannte watchlist geriet, mit der Androhung von Handelssanktionen im Wiederholungsfall. Mir ist vor allem die Position eines Sendervertreteres in Erinnerung, der sich als Jurist des Senders zu erkennen gab. „Wie Sie wissen, ist Griechenland nicht die Muter aller Kultur sondern die Gebärmutter jeder Zivilisation. Die Amerikaner haben eine derartig große Dankesschuld bei uns, dass es überhaupt nichts macht, wenn wir hier und da einen ihrer schlechten Filme spielen."

Einen wichtigen Nachsatz muss ich noch zum Notizbuch formulieren. Ich habe einige Kollegen als besonders abständig hervorgehoben, Dr. Helmut Bock, Dr. Rudolf Nagiller, Dr. Otto Hörmann, Roland Machtschke, Johannes Fischer und Peter Rabl. Das soll nicht bedeuten, dass ich alle anderen ORF-Angehörigen als nicht anständig qualifizieren will. Ich habe nur die herausgehoben, die für mich und meine Tätigkeit wichtig waren.

KOMMENTARE

Halten Sie mich bitte nicht für geldgierig, aber ich habe Ihnen ja erzählt, dass das Leben in Griechenland zwar billiger ist als in Österreich aber eben nicht mehr billig. Und so kam ich bei der Suche nach neuen Einnahmequellen auch auf die Idee, Kommentare zu schreiben. Ich stellte mir das so schön vor. Ich fühlte mich jetzt im richtigen Alter, die Welt erklären zu können. Und ich hatte auch das Bedürfnis meine im wesentlichen positiven Eindrücke zu verarbeiten und an jüngere Menschen weiter zu geben, darum sind ja auch alle jetzt folgenden Kommentare positiv und optimistisch. Ich weiß, dass Schwarzsehen schicker, längerfristig aber auch langweilig ist. Einen Kommentar pro Woche, denn für tägliche Kommentare bin ich zu weit weg, geografisch und zeitlich. Aber einer in der Woche, das ist auch intellektuell und zeitlich zu schaffen, ohne dass es in einen Achtstundentag ausartet. Leider habe ich von allen Zeitungen, denen ich diese Kommentare m anbot, Absagen erhalten, fast immer mit der notleidenden Situation der Zeitungen begründet. Wenn Sie diese Zeilen noch lesen, darf ich bei Ihnen wohl mit einem gewissen Recht Interesse an meiner Person und (oder) meiner Arbeit vermuten. Ich kann mir also gut vorstellen, dass Sie an den Kommentaren interessiert sind. Ein wenig Platz habe ich noch. Die Kommentare sind zur optischen Unterscheidung in der Schrift Baskerville geschrieben. Viel Vergnügen. Es ist gar nicht in erster Linie die finanzielle Überlegung, weshalb hier die Kommentare stehen, aber natürlich habe ich das Interesse einen Mindestumfang anzubieten und: Ich fände es schade, wenn die in den Kommentaren niedergeschriebenen Ideen und Fragen unpubliziert blieben. Für den geplanten wöchentlichen Kommentar habe ich mir das hübsche Pseudonym Sokrates Grantscherm zugelegt. Sokrates war dafür bekannt, dass er wesentlich mehr Fragen stellte als Antworten gab. Das heißt sokratische Methode. Zur historischen Einordnung: Die meisten dieser Kommentare wurden vor dem russischen Angriffskrieg gegen die Ukraine geschrieben. In einigen Kommentaren ist davon die Rede, wie man diese unglückselige Aktion hätte vermeiden können. Und in der Mehrheit der Artikel ist noch Donald Trump am Ruder. Aber, wie sich mittlerweile herausgestellt hat, ist der Unterschied zu Joe Biden nicht so groß wie wir alle gehofft haben Sie werden merken, dass es immer wieder auf dasselbe hinausläuft:, nicht nur Bidens wegen. Wir brauchen mehr Europa, mehr europäisches Bewusstsein.

ZEIT IST GELD, NA JA!

Geht es Ihnen auch oft so: Sie haben keine Zeit. Das muss Sie nicht beunruhigen, das geht jedem und jeder so, niemand hat Zeit, weil man Zeit nicht besitzen kann. Daher kann man auch nicht Zeit sparen. Man kann die unabhängig von uns vergehende Zeit nur verschieden verbringen, das ändert überhaupt nichts daran, dass die Zeit vergeht und zwar immer gleich schnell, sonst könnten wir keine Uhren haben, die das messen. Zeit sparen im allgemeinen Sprachgebrauch kann sozusagen nur Ihr Chef, wenn er Sie dazu bringt, nicht zwei sondern vier Werkstücke in einer Stunde zu verfertigen. Da spart niemand Zeit, nur Ihre Arbeitskraft wird billiger, allerdings wird nicht Ihr Stundenlohn weniger, nur die Herstellung der Produkte kostet weniger. Sparen heißt aber, den möglichen Konsum zu verschieben und das Ersparte irgendwo sammeln, und das geht mit der Zeit beim besten Willen nicht. Natürlich habe ich Verständnis dafür, wenn Hersteller die Produktkosten senken wollen, aber sie sollten es nicht lügnerisch Zeitsparen nennen. Das Perverse ist, dass ganze Industrien davon leben, zeitsparende Maschinen zu entwickeln, die es aber nicht geben kann. Das erinnert an die prinzipielle Vorgehensweise der Industrie. In der Vergangenheit verkaufte die Industrie Geräte, die Bewegung überflüssig machten, jetzt verkaufen sie Geräte, mit denen wir überflüssige Bewegungen machen können. Das ist gar nicht böse gemeint, Industriebosse müssen Marktlücken erkennen, wenn sie verdienen wollen und so Arbeitsplätze sichern. Aber Zeit sparen ist mittlerweile in der Situation eines angebeteten Götzen. Und in diesem Sinn ist Zeit Geld, denn auch Geld gibt es nicht. Natürlich, für die paar Euro, die Sie im Börsel haben, bekommen Sie schon einen Gegenwert, aber das meine ich nicht. Denn in größerem Maßstab existiert Geld nur in unserer Verabredung, daran zu glauben. Beispiele gefällig: Der Wert aller Staatsverschuldungen übersteigt den Wert aller theoretisch denkbaren Konsumgüter ungefähr um das Achtfache, ganz abgesehen davon, dass ja irgendjemand die Summe der Staatsschulden besitzen muss, zumindest theoretisch. Das sind nicht einmal die in solchen Fragen immer verdächtigen Chinesen. Und wenn Sie sich den moderneren Produkten, der bezeichnenderweise so genannten Finanzindustrie, den sogenannten Finanzderivaten zuwenden, nun deren Wert übersteigt die Summe aller theoretisch denkbaren Konsumgüter um das 15-fache. Geld ist also per se wertlos und wenn es nicht einmal möglich ist, es auszugeben, wie in diesem Beispiel, ist es praktisch nicht mehr vorhanden. Geld in größerem Maßstab drückt sich ja nicht in Scheinen, Münzen oder auch Landbesitz aus. Der liebenswerte Dagobert Duck wird heute kaum mehr ein Bad in seinem Geldspeicher nehmen sondern nur auf möglichst große Gruppen von geordneten Nullen auf seinem Bildschirm starren. Nur dort gibt es noch Geld. Man könnte alle Staatsschulden streichen, es würde sich nichts ändern, auch wenn so einige Pensionskassen gesichert werden. Wir würden allerdings den Druck von einigen Staaten nehmen, die dann nicht mehr die ohnehin knappen Pensionen kürzen müssten um die Staatsschulden zu senken. Und wenn Sie sich jetzt nur kurz überlegen, welche Ressourcen wir verschwenden, um diesen beiden Götzen zu huldigen, werden Ihnen einige berechtigte Zweifel an der Vernunft des Menschen kommen. Das dachten Sie doch schon länger, ist überzeugt Ihr Sokrates Grantscherm.

AFGHANISTAN

Jetzt haben uns also die Ungarn geholfen, die österreichischen Soldaten aus Afghanistan heraus und nach Hause zu bringen. Das ist schön von ihnen und soll gebührend gewürdigt werden. Aber, was jetzt?
SPÖ-Chefin Pamela Rendi-Wagner hat sich im Sommergespräch dafür eingesetzt, einigen Hundert Afghaninnen Asyl in Österreich zu geben. Auch das ist schön.
Merken Sie, dass die beiden Meldungen nicht zusammenpassen? Was hatten zum Teufel die österreichischen Soldaten in Afghanistan zu suchen, das war kein UNO-Einsatz sondern eine reine NATO-Organisation, die ist mit der Neutralität nicht vereinbar. Wären die Russen wirklich derartige Imperialisten, dass man sich zu ihrer Abwehr heute noch die NATO leisten zu müssen glaubt, hätten sie diesen eklatanten Verstoß gegen die immerwährende Neutralität nützen können, um in Österreich einzumarschieren. Wahrscheinlich ist ihnen Österreich nicht wichtig genug, um deswegen einen internationalen Skandal zu riskieren oder warum auch immer: es ist nichts passiert. Ein Skandal bleibt es. Und ich glaube einfach nicht, dass diese Aktion des Bundesheeres auf dem Mist der Frau Minister Tanner gewachsen ist. Und die Vorstellung, dass Bundeskanzler Kurz so größenwahnsinnig ist, dass er glaubt, sich über eine der

Ikonen Österreichs hinwegsetzen zu können macht mir Angst. Im Zusammenhang mit der Frage des Asyls gibt es eine klare Antwort: Wenn Österreich schon die reichlich blödsinnige Aktion der NATO in diesem geschundenen Land mit gemacht hat, dann soll es jetzt auch die Verantwortung dafür übernehmen und großzügig Afghaninnen und auch in diesem Fall und Afghanen Asyl gewähren. Ja und wenn es sinnvolle europäische Politik machen will, soll sich Österreich dafür einsetzen, dass in Hinkunft eine Mitgliedschaft in der EU mit der Mitgliedschaft in einem nicht rein europäischen Militärbündnis unvereinbar ist. Das führt ganz einfach zur größeren Idee, die hinter dem zwar skandalösen aber doch relativ unbedeutenden österreichischen NATO-Einsatz steht. Die eingesparten Mitgliedbeiträge zur NATO könnten sinnvoller für ein Art Marshallplan für Russland verwendet werden. Mit diesem Geld könnten in Russland Strukturen ausgebaut werden, die die Russen zu möglichen Kunden Europas machen würden und so längerfristig Russland zu einem Mitglied der EU. Dann könnten wir in Europa weitere Milliarden einsparen, die jetzt in 26 Armeen verpulvert werden und hätten den wirtschaftlich abgesicherten Zugriff auf die ungeheuren Rohstoffreserven Russlands. Denn damit würde die Begründungsbehauptung der NATO, die russische Bedrohung in sich zusammenfallen. Ich höre schon Ihren Aufschrei: Und was ist mit der Ukraine? Aber seien wir doch ehrlich: gemessen an den Aktivitäten der NATO ist Russlands Ver-

halten in der Ukraine ein Aufräumen im Hinterhof. Ich behaupte, wenn die Europäer, diese auf der Hand liegende Idee schon umgesetzt hätten, wäre uns und der Ukraine viel sinnloses Leid erspart geblieben. Nicht dass ich glaube, dass es so viel sinnvolles Leid auf der Welt gibt, aber so augenfällig blöd wie die Ukraine-Aggression Putins gibt es auch wieder nicht so häufig. Und so könnte aus einem peinlichen österreichischen Fehler, eine blühende, friedliche Zukunft für Europa werden. Falls Sie jetzt als gebildeter Mensch zu mir Machiavelli sagen würde das als großartiges Kompliment schätzen.
Ihr Sokrates Grantscherm

COVID 19

Natürlich habe ich keine Ahnung, ob Sie bereit sind, noch etwas zum Thema COVID zu lesen. Denn wahrscheinlich ist das meiste gesagt, zu einem im Grunde ja nur lästigen und nicht wirklich wichtigen Thema. Halt, da möchte ich einsetzen. Covid könnte zu einem der wichtigsten Themen werden, wenn wir es ernst nehmen, denn da fällt wohl jedem der klassische Hölderlin ein: Wo Gefahr ist, wächst das Rettende auch, oder weniger klassisch: jede Krise ist immer auch eine Chance. Angeblich konnte man von Satelliten aus messen, dass in der relativ kurzen Zeit der Covid-Beeinträchtigung die Luft in manchen Ballungszentren besser wurde. Natürlich ist das zu wenig gegen die Klimaerwärmung, aber es ist ein überdeutlicher Hinweis. Wir können etwas gegen die Erderwärmung tun. Es ergibt sich die logische Schlussfolgerung. Wir müssen einfach die Notwendigkeit für Ortsveränderungen reduzieren, außer die mit dem Fahrrad oder zu Fuß. Alle anderen sind von Übel. Aber, wie COVID gelehrt hat, geht jetzt sogar Homeoffice und home-schooling, was zwingend bedeutet, dass wir auf die Bürotürme verzichten können und damit auf deren Beheizung oder Klimatisierung und auf die Fahrt zu ihnen oder von ihnen weg. Ich persönlich bin ja überrascht, welches Ausmaß das homeoffice hat oder haben kann, für mich ist Arbeit etwas, zu dem man hingehen, und wo man anwesend sein muss, das ist offenbar in vielen Fällen Vergangenheit. Fabriken gibt es vergleichsweise wenige, die man nicht so leicht einsparen oder umbauen kann. Jetzt überlegen wir einmal: Jeder Arbeitnehmer kann seinen Arbeitsweg steuermindernd absetzen. Wenn der Staat nur diese dann einzusparenden Mittel zur Unterstützung büroloser Arbeit einsetzt oder zumindest Teile der Mittel für Straßenbau, Parkplätze und den öffentlichen Verkehr, dann könnten gerade in der Innenstadt wertvolle, derzeit knappe Wohnungen entstehen, die auch bezahlbar sind. Sollten Sie Wiener sein: Stellen Sie sich vor, Sie bekämen eine Wohnung im Winterpalais des Prinzen Eugen (dem heutigen Finanzministerium in der Himmelpfortgasse in Wien I, denn das Homeoffice müsste natürlich auch für die Verwaltung gelten). Und vom Flugverkehr war noch gar nicht die Rede. Ich verstehe nicht, warum der Steuerzahler mit Milliarden eine Fluglinie finanziert, die uns nicht einmal gehört und die ja schon vor Corona defizitär arbeitete. Vermutlich wird es mir als Zynismus ausgelegt, wenn ich vorschlage, alle diese hochbezahlten AUA-Angestellten als Erntehelfer oder Altenpflegepersonal zu beschäftigen, es ist jedes Mittel recht, den Flugverkehr in Europa zu reduzieren, am liebsten auf null, es ist jedenfalls logischer, als mit Steuermitteln derart umweltverschmutzende Arbeitsplätze zu subventionieren. Und die Geschäftsreisenden, also wenn die nicht in der Lage sind, den Anforderungen zu entsprechen, denen jedes Schulkind beim home-schooling entsprechen muss, dann sollte man deren Position und Einkommen ganz grundsätzlich überdenken. Videokonferenzen würden tausende, wahrscheinlich eher Milliarden Tonnen von Kohlendioxid einsparen. Alle diese Maßnahmen miteinander könnten einen sinnvollen Ausbau des europäischen Eisenbahnnetzes locker finanzieren. Wenn ich business Fachleuten diese Theorie unterbreite, kommt immer dieses überhebliche Achselzucken, dass diese Herrschaften für Nichtfachleute bereit halten. „Der menschliche Kontakt kann durch nichts ersetzt werden", sagen sie dann ein wenig gönnerhaft. Aber im Unterricht geht es, das ist doch nur mehr lächerlich, da geht es doch nur noch um Spesen und Dienstreisen. Mit dem Orientexpress in den Urlaub zu fahren statt mit dem Verkehrsmittel, das seine Fahrgäste wie Übergepäck behandelt und dabei noch die Umwelt schonen, viele Beispiele gibt es nicht für Entscheidungen, bei denen es nur Gewinner gibt. Nur ein paar Überlegungen, die zeigen sollen, welche Chance Corona sein kann, wenn wir sie denn wahrnehmen. Und kommen Sie mir nicht mit dem Argument des Zeitsparens, das ist ein Unfug, auf den ich im ersten Beitrag schon eingegangen bin. Und nun in diesem Fall: Der Urlaub begänne mit der Anreise nicht am Urlaubsort. Und wenn Sie sich bei Urlaubsreisen in den sonnigen Süden vor der heißen Bahnfahrt fürchten, was läge näher als auf dem der Bahn gehörenden Grund, auf dem die Geleise liegen, durchgehende, Schatten spendende Solarstromanlagen zu errichten, tausende Kilometer lang. Natürlich entsteht da mehr elektrischer Strom als die Bahn braucht, aber niemand hindert die ÖBB ihren Überschuss an den Verbund zu verkaufen. Obwohl ich zugeben muss, dass in meiner Vorstellung von Zugfahren die Bahn mehr Strom brauchen würde, als heute. Etwa für einen Speisewagen, der diesen Namen auch verdient, oder für Waggons mit elektronischen Spielen, ohne die jüngere Menschen nicht mehr leben zu können scheinen. Zusatzeinnahme einen Waggon an die österreichischen Casinos vermieten. Der Urlaub für die ganze Familie begänne also auf dem Bahnhof. Wenn Sie mich mit dem Zug in Griechenland besuchen kämen, würde sich außerordentlich freuen ihr Sokrates Grantscherm

NACH COVID 19

Das ist natürlich voreilig, ich weiß. Noch ist Covid 19 nicht überwunden, aber es ist nicht mehr das einzige Thema der Berichterstattung, das ist doch schon was, ich hoffe, ein gutes Zeichen. Und siehe da, kaum ist Covid nicht mehr das einzige Thema, tauchen Probleme wieder auf, denen wir in den vergangenen Wochen zu wenig Aufmerksamkeit gewidmet habe. Oder war Ihnen bewusst, dass die Engländer noch immer in der EU sind? Und die Verhandlungen dauern noch, was damit zusammenhängen kann, dass jetzt über die Verteilung der Milliardenhilfen für besonders Corona-Geschädigte verhandelt wird. Tatsächlich gehört England zu den am meisten geschädigten Staaten, warum, das wollen wir jetzt einmal nicht untersuchen. Wären die Engländer je Nettozahler gewesen, was sie in einer Gesamtrechnung nie waren, dann wäre diese Summe durch die jahrelangen Verhandlungen längst aufgebraucht, auch weil wichtige und teure EU-Dienstnehmer von wichtigeren Fragen abgehalten wurden. Aber dass sie sich jetzt in die Schlange der Bedürftigen einreihen, das ist doch ein starkes Stück. Jetzt rächt sich, dass die EU nicht das einzig Richtige getan hat. Wenn die Engländer draußen sind, Türen fest zu machen, damit sie nicht wieder hereinkommen. Wenn es dann keinen Spezialvertrag gibt, dann wird England eben behandelt, wie jedes andere Nicht-EU-

Mitgliedsland auch, mit Zöllen und Grenzkontrollen. Alles andere ist längst durch internationale Verträge geregelt: Fischfangrechte, Hygiene und Sicherheitsvorschriften usw. usf. Vielleicht fragen Sie sich, warum ich stets Engländer sage, statt die üblichen Abkürzungen GB oder UK zu gebrauchen. Nun, da folge ich durchaus dem englischen Beispiel, denn es gibt keine Fußballnationalmannschaft von UK oder GB, aber sehr wohl Nationalmannschaften von England, Schottland und Wales, in zynisch-imperialistischer Konsequenz sogar ein National-Team aus Nordirland. Und ich frage mich auch, ob es das Benehmen eines Gentlemans ist, wenn der Ober-Antieuropäer Nigel Farage weiterhin sein beachtliches Gehalt als EU-Abgeordneter bezieht.

Das ist das eine, das andere. Österreich soll gezwungen werden, mit Steuermitteln umweltschädliche Arbeitsplätze in Betrieben zu retten, die auch ohne Corona defizitär waren und die Österreich nicht einmal gehören. Die Rede ist von der AUA und von LAUDA-motions, wie sie im Moment heißt. Es ist überhaupt keine Frage, dass es zu viele Fluglinien in Europa gibt, auch weil man diesen Kontinent problemlos mit der Bahn erschließen könnte und sollte. Wir sollten uns endlich von der nun wirklich überholten Position entfernen, dass zur Souveränität eines Staates eine eigene Fluglinie zählt, und jetzt noch zwei Linien, die Ausländern gehören, Deutschen und Iren. Kann sein, dass dabei einige tausend Arbeitsplätze verloren gehen. Aber an derart umweltschädlichen Arbeitsplätzen mit dauerndem Subventionsbedarf kann kein Staat Interesse haben. Natürlich ist prinzipiell um jeden Arbeitsplatz schade, aber das gilt auch für Postkutschenfahrer, Lok-Heizer oder Henker. Wie es sein kann, dass Teile der Ernte verfaulen, weil die Erntehelfer Corona bedingt nicht einreisen können oder alte Menschen nicht versorgt werden, weil das Gleiche auch für Altenpfleger gilt, das verstehe ich einfach nicht. Wenn es die Lauda- oder auch AUA-Bediensteten für unter ihrer Würde halten, in der Landwirtschaft oder in Sozialberufen zu arbeiten, dann müssen sie eben umschulen oder auswandern. Mir ist schon klar, dass solche Überlegungen in Österreich verpönt sind, weil sie viele an den Arbeitsdienst erinnern. Aber ich bitte Sie, das ist jetzt mehr als ein Dreivierteljahrhundert her. Natürlich gibt es auch die eher zeitgemäße Überlegung, mit staatlicher Unterstützung Start-ups zu gründen, aber so viele Start-ups braucht Österreich sicher nicht und die bisherigen Erfahrungen sind nicht gerade begeisternd. Denn irgendwann ist auch der im Moment offenbar als einziger zukunftsträchtige Markt, gesättigt, der Markt für elektronischen Spiele. Und nun die wirklich zukunftsweisende Idee: Das Geld, das der Staat nicht für die Subvention sinnloser Arbeitsplätze aufwenden muss, könnte er in den Ausbau des gesamteuropäischen Eisenbahnnetzes investieren. Das würde die Mobilität sichern, auf die wir nicht verzichten wollen, die Umwelt schonen und Arbeitsplätze schaffen, für den Bau und den Betrieb. Also was spricht dagegen?

P.S: In den vergangenen Wochen habe ich zwei TV-Dokumentationen gesehen, die sich mit der Eisenbahn befassten: mit dem Orientexpress und mit der k.u.k. Bahnverbindung von Wien an die so genannte österreichische Riviera, Opatja (Abbazia, wenn Sie es italienisch wollen). Ich wurde sehr neidisch, als ich diese luxuriöse Form des Reisens sah. Im Flieger komme ich mir vergleichsweise immer wie ein Stück Übergepäck behandelt vor. Dass es länger dauerte als heute kommt mir eher als Gewinn denn als Verlust vor. Aber es geht eben gar nicht nur um die Urlaubsgestaltung, sondern um den Alltag, weiß schon lange nicht nur Ihr Sokrates Grantscherm

HOFFENTLICH LÜGT DAS FERNSEHEN, WENIGSTENS MANCHMAL

Jetzt habe ich, in den beiden bisher letzten Kommentaren über die Chancen geradezu gejubelt, die COVID 19 bieten kann, und jetzt das: Die Zwangspause hat zumindest in Ballungszentren die Luft verbessert, die Konsumenten wenden sich vermehrt lokalen Produkten zu, die Zahl der nicht unbedingt notwendigen Ortsveränderungen sinkt und dann zeigt das Fernsehen eine steigende Verschmutzung der Meere mit, Sie werden es nicht glauben, mit weggeworfenen Masken, dem vorgeschriebenen Gesichtsschutz der vergangenen Tage und mit Plastikhandschuhen (!). Darum hoffe ich, dass das Fernsehen zumindest manchmal die Unwahrheit zeigt. Denn, wenn das wahr ist, dann wollen wir offenbar nicht überleben. Ich hoffe, dass dieses heimtückische Virus sich nicht auch im Meerwasser verbreitet, aber das weiß nach den bisherigen Erfahrungen wirklich niemand so genau. Und so traurig es klingt, das ist bei Weitem nicht die einzige Unglücksnachricht. Aber fast mit Beschämung muss ich es gestehen, ich habe von COVID 19 nichts gespürt. Das liegt zum einen daran, dass der Teil Südgriechenlands, wo ich derzeit hauptsächlich lebe, ziemlich dünn besiedelt ist, zum anderen daran, dass die angeblich so anarchistischen undisziplinierten Griechen sich so streng an die Schutzvorschriften gehalten haben, dass Griechenland besser durch die Pandemie kam,

als die meisten anderen Länder, als alle, von denen ich weiß, aber das sagt ja noch nichts, und ich finde, das sollte auch einmal zur Ehre meiner so missachteten Wahlheimat erwähnt werden. Aus Gründen wie diesen habe ich ja mein Pseudonym Sokrates Grantscherm gewählt, tatsächlich ist das nicht mein richtiger Name. So gesehen, liebe Grüße aus Griechenland von Ihrem
Sokrates Grantscherm

SCHADENFREUDE

Ja, ich weiß, die sollte man nicht empfinden. Alle mir nur oberflächlich bekannten Religionen rechnen sie zu den schweren Verfehlungen, zur Sünde, wenn nicht zur Todsünde. Das weiß ich nicht. Ich bin nicht Mitglied in einem dieser Vereine.
Aber trotzdem. Wenn ich im TV die kilometerlangen Schlangen bei den Tankstellen in UK sehe, dann kann ich mir ein Gefühl der Schadenfreude nicht verkneifen, denn dass der Brexit so schnell und hart zuschlagen würde, haben wir wohl alle nicht gedacht. Und was fällt den Engländern dazu ein? Das, was ihnen immer einfällt: Sie setzen die Armee ein und winseln jetzt andere Staaten um Hilfe an. In diesem Fall sind es wohl hauptsächlich die Polen. Bitte, Ihr Lastwagenfahrer, kommt zurück. Ihr bekommt zwar nur eine befristete Arbeits- und Aufenthaltsgenehmigung, aber das ist doch besser als nichts. Mehr können wir für Euch derzeit nicht tun, auch weil uns Corona voll erwischt hat. Corona ist übrigens der zweite Grund für meine Schadenfreude, denn der Astra Seneca Konzern ist ja zumindest teilbritisch. Und so eine PR-Katastrophe hat es meiner Erinnerung nach noch nie gegeben. Innerhalb weniger Wochen vom Heilsbringer zum überaus suspekten Krisengewinnler, Betrüger und medizinischen Pfuscher zu werden, da schleicht sich beinahe Mitleid ein. Beinahe denn im Grunde genommen vergönne ich den Engländern diese

Demütigung. Jetzt freue ich mich schon auf das nächste Kapitel. Denn auch in der Fleischindustrie wurden auf der Insel viele Ausländer aus der EU eingesetzt, die jetzt auch fehlen. Werden in Großbritannien jetzt auch die Steaks knapp? Ein Verdacht drängt sich auf. Will Boris Johnson seinem berühmten Vorgänger Winston Churchill folgen, der seinem Land nur Blut, Schweiß und Tränen versprach? Dann übersieht Johnson, dass Churchill vorher wesentlich dazu beitrug, dass England den Zweiten Weltkrieg zwar nicht gewann, aber immerhin nicht verlor und am Ende auf Seiten der Sieger stand. Sollte sich Boris Johnson hingegen dieser Tatsache bewusst sein, dann ... Aber jetzt hör ich lieber auf, zu schreiben, denn man sollte Analogien auch nicht zu weit treiben. Vermutlich kann man sogar Kriege herbei schreiben. Sie haben doch hoffentlich nicht vergessen, dass die frühere Regierungschefin Theresa May sehr bewusst und beziehungsvoll ihre Vorvorgängern Margret Thatcher und ihren Falklandkrieg erwähnte, als die EU versprach, bei den Brexitverhandlungen auch die spanischen Interessen bei Gibraltar zu bedenken. Bitte macht endlich das Richtige: Freut Euch, dass sich die Engländer auf ihre Insel zurückgezogen und die EU verlassen haben. Macht die Türe zu, die niemals hätte geöffnet werden dürfen. Ich hätte diesen Kommentar für veraltet gehalten, weil die Engländer ja endlich nach jahrelangen teuren Verhandlungen die EU verlassen haben, aber siehe da, die Verhandlungen sind noch nicht vorbei, weil es nicht gelingt, das Nordirland-Problem zu lösen. Da gibt es eine ganz einfache Lösung. Die meisten europäischen Staaten mussten mittlerweile ihre Kolonien, wo auch immer, aufgegeben und in die Unabhängigkeit entlassen. Aber eben nur die meisten, es gilt wieder einmal nicht für die Engländer, Nordirland und Gibraltar bleiben englisch, obwohl sie beide zumindest geografisch Teile von EU-Staaten sind, die Falklandinseln gehen uns nichts an, obwohl ich sie natürlich lieber Las Malvinas nenne. Schon schade, dass Inseln nicht schwimmen, sonst könnte man den Stöpsel heraus ziehen.

PS: Einen Tag, nachdem ich diesen Kommentar geschrieben hatte, musste ich zu meiner zweiten Covid-Impfung in meiner Wahlheimat in Griechenland antreten, konnte aber nicht geimpft werden, weil es keinen Astra- Seneca Impfstoff mehr gibt. Mein Griechisch reicht leider nicht, um herauszufinden, warum nicht. Ich habe nur verstanden, dass man in Griechenland nicht der europäischen Regel folgt, wonach es egal ist, wer der Hersteller der zweiten Impfung ist. Denn in den offiziellen Angaben der Firma Astra Seneca wird aus leicht nachvollziehbaren Gründen empfohlen, beide Impfungen mit dem gleichen Fabrikat vorzunehmen. Jetzt ist doch ziemlich beunruhigt.

Ihr Sokrates Grantscherm

GOOD BYE, BORIS

Nein, ich kann nicht sagen, dass es mir um Boris Johnson besonders leid wäre, ich bewundere die Konsequenz der britischen Politik, ihre betonte Putzigkeit, wenn man so will, die ja zu ihrem wichtigsten Exportgut wurde. Da gibt es einen Premierminister, der seine Bevölkerung belog, dass es rund um die Brexit-Abstimmung einen absoluten Mangel an geraden Balken im UK gegeben haben muss, macht nichts, er bleibt im Amt und nutzt die Chance sein Land in die härteste Wirtschaftskrise seit dem Zweiten Weltkrieg zu führen und lässt sich allabendlich dabei filmen, wie er Downingstreet Nr10 betritt oder verlässt. Und dann wirft ihn eine gegen die Corona Einschränkungen veranstaltete Party dortselbst aus dem Amt. Dabei gab es gar keine Fotos zu sehen von Huren in Hakenkreuz-BH oder mit Strumpfbänder in Form einer SS-Rune, das ist offenbar in der gentry nicht erlaubt, da braucht es schon den Hochadel der Geburt oder des Geldes, bis diese Sujets verwendet werden. Ein bisschen Party und damit Schluss. Es ist diese Art von Putzigkeit, Drolligkeit, die die Briten bisher als bedeutendes Exportgut nützten, um ihr Image zu gestalten. UK gilt immer noch als die Heimat der Gentlemen, obwohl England im Alltag ein brutales Regime von imperialistischen Kolonialisten ist, das so liebenswürdige Zeitgenossen wie die Beatles hervorbringt. Dass

die Engländer die Hysterie der Jugendlichen skrupellos zu Milliardengeschäften nutzen, wollen wir ihnen nicht vorwerfen, wer täte das nicht, wenn er könnte. Und auch die politisch bedenklichste Erfindung der englischen Literatur wollen wir ihnen nicht länger vorhalten – es ist schon richtig, dass James Bond ein lupenreiner Macho und Fascho ist, der ja tatsächlich ein wenig kastriert wirkt, wenn ihm vorübergehend seine Doppel-Null abgenommen wird, das heißt seine Lizenz zu töten, ohne Gericht, Prozess und sonstige störende bürokratische Lästigkeiten. Von seinem Umgang mit Frauen wollen wir schweigen, weil man dazu nur schweigen kann. Und das alles tut er für ein England, das noch die politische Rolle eines Weltreiches spielt, kein Wunder, dass James Bond in UK so beliebt ist, wenn er die Welt vor allen möglichen ausländischen, mittlerweile oft asiatischen Bösewichtern schützt, dass er nicht so recht in die Realität passt, das hat er ja mit Mr. Brexit Boris Johnson gemeinsam; nicht anzunehmen, dass den Lieblingsagenten ihrer Majestät einmal eine Party zu Fall bringen wird, glaubt
Ihr Sokrates Grantscherm

MÖGLICHE WEGE AUS DER KRISE

Nein, das ist kein weiteres Gejammer über Covid, das ist für mich keine Krise sondern –vorläufig- nicht mehr als eine, zugegeben überaus unangenehme, Belästigung. Mit dem Nebeneffekt, den Blick auf die wahre Krise zu verstellen, denn die wahre Krise ist die des Klimas, Covid kann man als Chance, als Training begreifen, endlich ernste Maßnahmen zu ergreifen. Wir haben keine Zeit mehr für lächerliche Veranstaltungen wie den Klimagipfel in Glasgow. Das Treffen in Glasgow reiht sich ein in weitaus die meisten derartigen Veranstaltungen, die am meisten für das Klima gebracht hätten, wenn man sie abgesagt hätte. 40.000 (Vierzigtausend) Teilnehmer, selbstverständlich alle mit dem Flugzeug angereist und die größten Klimasünder nicht dabei, natürlich China und Russland und die USA nicht mit der ersten Garnitur, wenn man von der Eröffnung einmal absieht. Das kann gar nicht ernst gemeint gewesen sein, es war eine der üblichen Spesen verursachenden Großveranstaltungen, die es nicht mehr geben dürfte. Denn, wenn die Digitalisierung irgendeinen Sinn haben sollte, dann den, nicht additiv sondern alternativ eingesetzt zu werden. Also nicht zusätzlich sondern anstatt. Natürlich sind nicht alle 40.000 Teilnehmer im Plenum gesessen, die meisten von ihnen waren Hilfskräfte, Sekretäre und Fachleute, sie waren in Arbeitskreisen tätig. Und die Ergebnisse: Man hat sich darauf geeinigt, das 1,5 Grad Ziel erreichen zu wollen. Ach ja, und dann gab es noch ein Ergebnis, das allerdings nicht im Plenum sondern in einem Arbeitskreis erzielt wurde. Etliche Staaten haben sich darauf geeinigt, in naher Zukunft keine Autos mit Verbrennungsmotoren mehr zuzulassen. Da waren dann auch die USA dabei, Kunststück. Durchaus kein Schelm, dem dabei die mittlerweile größte Firma für Elektromotoren als Motiv einfällt, die Firma Tesla in Kalifornien. Auf diesem, nicht so weiten Umweg komme ich zum versprochenen Weg aus der Krise. Der erste Schritt klingt primitiv und gestrig, ist es aber durchaus nicht. Wir, gemeint sind wir Europäer, müssen uns endlich von der Bevormundung und Beherrschung durch die USA lösen. Die USA sind die Anführer und Vertreter des Kurses, der uns in diese Situation gebracht hat, in der wir heute stecken: der globalisierte Kapitalismus.

Der im Kapitalismus eingebaute, prinzipielle Denkfehler ist die Ursache für praktisch alle wichtigen Probleme, die wir heute haben: Kapitalismus setzt ein dauerndes Wachstum voraus und das ist in einem endlichen System nun einmal nicht möglich. Wir müssen auf den Exportmarkt USA verzichten, damit wir unsere Märkte vor der unter unfairen Bedingungen arbeitenden US-Konkurrenz schützen können, wir müssen auf Schutzfunktion der NATO verzichten, weil wir sie nicht mehr brauchen, wir müssen den Kulturimperialismus der USA verhindern, wenn wir wieder zu uns und unseren Werten finden wollen.

Das heißt, die EU muss beschließen, dass eine Mitgliedschaft in der Union Mitgliedschaften in anderen politischen Vereinigungen ausschließt, wie eben NATO aber auch WTO, GATT, IMF und so weiter und so fort. Alles Vereinigungen, in denen die USA Mitglied sind und die sie aufgrund ihres Gewichtes und mit ihrer strikt nationalen Politik dominieren. Ziel in Europa muss es sein, den Primat der Politik über die Wirtschaft wieder herzustellen und das funktioniert mit den USA nicht. Wir brauchen wieder mehr Geld für die Sozialpolitik, das heißt wir müssen die seit Jahrzehnten anhaltende systematische Umverteilung von unten nach oben beenden und umkehren. Wir müssen für mehr Steuergerechtigkeit sorgen, eine Politik der wahren Kosten, inklusive hoher CO_2-Abgaben betreiben, das würde nicht nur den schwachsinnigen Konferenztourismus beschränken, sondern auch viele Warenströme reduzieren, wenn die Transportkosten nicht mehr so selbstverständlich der Allgemeinheit aufgebürdet werden könnten. (Sie sind sich nicht bewusst, dass Sie die Transportkosten etwa für Waren nicht nur aber besonders aus China zahlen? Na, was glauben Sie wer die Kosten für den Straßenbau oder die Kosten für Containerhafen, Bahnlinien oder was Ihnen sonst nach als Massentransportmittel einfällt, also wer dafür die Kosten trägt? Na klar, Sie und ich, aber Sie können mich ja nicht alles alleine zahlen lassen.

Ganz generell müssen wir mit dem Problem umgehen lernen, dass es zu viel Geld auf der Welt gibt, das aber völlig falsch verteilt ist und nun aufgrund der eigenen Schwerkraft dorthin fließt wo mehr Geld ist. Noch nie war die Schere zwischen Arm und Reich so groß wie heute und das hält wahrscheinlich, nein sicher, keine Gemeinschaft auf die Dauer aus. Über ein schönes Beispiel dafür, dass dieses Problem nicht nur nicht neu, sondern auch vielen bekannt ist, ist vor einigen Tagen überaus prominent berichtet worden. Einige Superreiche haben dem Tesla-Chef, Herrn Elon Musk knapp hundert Millionen Dollar pro Person dafür bezahlt, dass sie einige Stunden am Rand des Weltraums sein und die Erde von oben betrachten durften. Ich hätte mir gewünscht, dass der eine oder andere Kommentator darauf hingewiesen hätte, dass es auch umweltfreundlichere Methoden geben müsste, sein Geld sinnlos zu verschwenden. Denn ein großes Problem der im Grunde genommen sinnlosen Kapitalanhäufung in wenigen Händen ist, dass das Geld fast krampfhaft hochverzinste Anlagemöglichkeiten sucht, und die gibt es logischerweise nur bei den Grundbedürfnissen aller, bei Wasser, Nahrung, Wohnraum, Land und Luft. Verstehen Sie jetzt, dass es mir bei aller ökologischen Gefahr lieber ist, das Geld verknallt im Weltraum als es fließt etwa in die Wohnraumspekulation? Und so ist bis heute, der Waffenhandel das bessere, weil sicherere Geschäft als alles, was Ihnen bei der Mafia einfallen könnte. Denn hinter dem Waffenhandel stecken mehrheitlich Staaten, die nicht pleitegehen können und nicht sparen müssen. Bei Mädchenhandel, Prostitution, Rauschgift, Glücksspiel kann immer mal ein Konsument ausfallen, weil wer nicht mehr kann oder nicht mehr mag, aufhören kann, beim Waffengeschäft nicht.

Kehren wir zum Beispiel mit den Elektroautos zurück, um zu verdeutlichen was ich meine. Es ist unbestritten, dass der Individualverkehr, also das Auto eines der ganz großen Probleme der Gegenwart ist. Die jetzt bekannt und populär gewordene Lösung, das E-Auto ist natürlich ein Irrweg, Elektroautos sind in der Produktion eine einzige Katastrophe und wenn nur ein nennenswerter Prozentsatz der Autos elektrisch betrieben würde, bräche unser Stromnetz zusammen, einmal ganz abgesehen davon, dass auch unsere Stromproduktion nicht gerade umweltfreundlich ist. Unser steht in diesem Fall für Europa, da ist der Mix aus Stromproduzenten ziemlich schlecht, in Österreich sind wir mit den alten Donaukraftwerken deutlich besser dran, aber sie werden eben immer älter und sie schaffen den steigenden Stromverbrauch nicht. Jetzt gibt es zwei Möglichkeiten, sich der Lösung des Problems zu nähern: Die scheinbare, die Stromproduktion umweltfreundlicher zu machen und die weitsichtige: Die Notwendigkeit und damit die Zahl der Ortsveränderungen drastisch zu reduzieren.

COVID hat gezeigt, dass etliche Arbeiten von zu Hause erledigt werden können. Wenn Bürobauten nicht mehr steuerschonend errichtet oder unterhalten werden könnten, müssten zehntausende Quadratmeter teurer Grundflächen für den Wohnungsbau in der Stadt frei werden. Die jetzt für die Verwaltung genützten Flächen würden für Wohnraum frei. Die Zahl der berufsbedingten Ortsveränderungen würde erheblich reduziert, Städte würde belebt, die Steuereinnahmen wesentlich erhöht, wenn Büroraum und die Fahrt dorthin nicht mehr steuermindernd wirkten, was mit dazu beitragen müsste, dass etliche Bürobauten sinnlos und daher für Wohnraum frei würden. Selbstverständlich muss der Gebrauch von Autos in den Städten verboten werden, von einigen wenigen Ausnahmen abgesehen, Rettung, Feuerwehr, Warentransport. Ich trete nicht für den Abriss von Straßen ein, das wäre sinnlose Verschwendung. Umbau mit mehr Parks als Parkplätzen das schon. Aber von den wenigen notwendigen Ausnahmen abgesehen, würden die Straßen dann wieder den Menschen auf Fahrrädern oder zu Fuß zur Verfügung stehen und nicht mehr den Autos als Park- oder Stauplatz dienen. Wozu braucht man noch Autos, außer zur Fahrt zum Arbeitsplatz? Zum Einkauf und zum Urlaub. Nun der Einkauf würde einfacher, weil anzunehmen ist, dass sich in einer menschenfreundlicheren Stadt wieder mehr Nahversorger ansiedeln, auch ungefördert, obwohl es mit Sicherheit blödere geförderte Projekte gibt. Und natürlich ist es sinnvoller, wenn ein Fahrzeug eines Botendienstes 100 Kunden beliefert, als wenn 100 Kunden mit dem Auto zu den Konsumtempeln an den Stadträndern fahren und dort noch asphaltierte Flächen als Parkplätze brauchen. Und die Urlaub genannte Massenflucht aus den Städten würde reduziert, wenn die Städte menschenfreundlicher werden und Naherholung wieder leichter erreichbar wird. Sie haben das alles schon einmal gelesen? Das leugne ich gar nicht, aber das geht ja Leuten wie Ihnen häufiger so. Das Problem ist, dass Politiker es nicht gelesen, nicht verstanden oder nicht bedacht haben, daher kann man es gar nicht oft genug schreiben und publizieren.

Sie fliegen lieber in den Urlaub? Darüber sollten wir nicht mehr reden müssen. Ich werde nie verstehen, warum es für alle europäischen Staaten ein nationales Muss ist, sich hochsubventionierte Fluglinien zu halten, die ja schon lange vor Covid defizitär waren. Im Gebiet des ehemaligen Jugoslawien gibt es jetzt mehr Fluglinien als vorher, nur Albanien und Nordmazedonien haben noch. Keine eigene Airline-Flüge innerhalb Europas sollen verboten werden oder, wenn man aus guten Gründen Verbote ablehnt, aufgrund einer CO_2-Abgabe so teuer werden, dass sie sich niemand mehr leisten kann. Das führt zu dem sehr gefährlichen Gedanken: Vielleicht ist es ein Denkfehler, in der Demokratie in erster Linie dafür zu sorgen, dass sich alle alles leisten können. So war Demokratie nicht gemeint. Demokratie bedeutet Beteiligung an der Macht, nicht am Konsum. Niemand wird z. B. dafür eintreten, dass sich alle einen Raumflug von Herrn Elon Musk leisten können müssen. Ganz abgesehen davon, dass die meisten hier vorgeschlagenen Maßnahmen dazu beitragen können, die extrem ungerechte Geldverteilung zu reduzieren. Und das ist ein weiterer Grund, warum Europa alle Verbindungen zu den USA abbrechen muss, denn dort würden alle in diese Richtung zielenden Maßnahmen als Kommunismus verteufelt. Logische Antwort darauf: na und, der Kommunismus ist wahrscheinlich eine sehr gute Idee, schade, dass er noch nie ausprobiert wurde. Denn es ist historisch unzutreffend verkürzt, bei Kommunismus an Joseph Stalin zu denken. Das System war nie für Russland gedacht, sondern für hochindustrialisierte Staaten wie England oder Deutschland und Stalin war einfach ein Gewaltherrscher in der russischen Tradition, Kommunismus hat es bisher nur in ganz wenigen Staaten gegeben, am ehesten noch in Kuba. Auch dort konnte er sich nur so lange halten, weil die damalige Sowjetunion zu exorbitant überhöhten Preisen Castro seinen Zucker abkaufte, um einen Pfahl im Fleisch der USA zu haben. Und in Albanien, aber dieses von Natur aus nicht arme Land ist eine Katastrophe. Der Kommunismus hat sich also, wie die meisten menschlichen Systeme in der Praxis nicht bewährt, aber er hat die Menschheit nicht wie der Kapitalismus an den Rand der Auslöschung gebracht. Aber hier liegt auch so die schon in unseren Genen zu liegen scheinende Haltung zu den USA und Russland. Kommunismus, das waren für uns Stalin und seine roten Horden in Europa, wo sie als Sieger in dem nicht von der Sowjetunion verschuldeten aber weitgehend auf ihrem Boden ausgetragenen Krieg erschienen und USA das waren die Schokolade und Kaugummi verteilenden

Soldaten und der Marshall-Plan, also der Kauf unseres Kontinents. Nur so nebenbei: Die USA haben für den Ankauf Alaskas wesentlich mehr Geld ausgegeben als für den Kauf Europas. Und dann die große Propagandamaschine, neben den Amerikahäusern in vielen Städten Europas vor allem Hollywood. Es passt zum Thema, über zwei ganz wesentliche Finanzquellen für Hollywood ein paar Worte zu verlieren: Die sind das US-Verteidigungsministerium, für die ja nicht seltenen Filme, in denen die Helden US-Uniformen tragen, und das sogenannte silly German money, also das Geld gut verdienender deutscher Steuervermeider. Ich füge hinzu, dass ich es nicht gerne hätte, wenn Russland an die Stelle der USA träte und sich als großer Bruder aufspielte. Zwar halte ich Putin für einen viel besseren, aber eben auch gefährlicheren Politiker, als alle Amerikaner, die mir einfallen. Aber ich bin doch ein wenig skeptisch bei einem Mann, der sich demnächst vermutlich dabei filmen lässt, wie er mit nacktem Oberkörper einen Bären oder einen sibirischen Tiger erwürgt. Und ich übersehe auch nicht seine brutale Machtpolitik in der Ukraine. Aber: er mischt sich nicht ein, wenn Europa Erdgas aus den USA bezieht und er vertritt das Land, das durch seinen Rückzug die deutsche Wiedervereinigung ermöglicht hat. Die US-Amerikaner halten ihre Besatzungspolitik aufrecht, wenn auch durch die Erfindung der NATO notdürftig beschönigt. Lassen Sie uns dieses Thema ganz weit herunterbrechen, bis in die Steiermark. Schauen wir einmal, wie es den Grazern

unter ihrer kommunistischen Bürgermeisterin geht. Und wenn Sie der Gedanke an eine kommunistische Zukunft erschreckt gibt es auch ein marktwirtschaftlich-orientiertes großes politisches Design. Wenn wir die NATO und die überflüssigen europäischen Heere abschaffen, oder sie zumindest durch eine einheitliche, insgesamt kleinere europäische Armee ersetzen, dann könnten wir die eingesparten Milliarden in den russischen Markt investieren, durchaus in der Tradition des Marschallplanes. Damit könnte in Russland ein riesiger Markt von Verbrauchern geschaffen werden, der den amerikanischen locker ersetzen könnte und wir hätten einen gesicherten Zugang zu den riesigen Rohstoffvorräten Russlands. Längerfristig steht dann einem Beitritt Russlands zur EU nichts mehr im Wege. Dieser Gedanke nur für alle diejenigen, die glauben, Europa müsse sich irgendwo anlehnen also entweder an die USA oder an Russland. Glauben Sie mir, das ist nicht nötig. Wenn wir zu einem europäischen Selbstbewusstsein zurückkehren, brauchen wir die beiden Großen nicht. Natürlich beide als Partner in einer gemeinsamen Welt, aber ganz ohne Waffen. Das hätten Sie nicht gedacht? Wahrscheinlich ist doch ein heimlicher Kommunist Ihr
Sokrates Grantscherm

TRIVIALE ENTSCHEIDUNG

Sie wissen, was eine triviale Entscheidung ist und warum sie so heißt?

Nun, das Wort kommt wie so viele unserer Fremdwörter aus dem Lateinischen und beschreibt die Situation, in der Sie sich befinden, wenn Sie eine Kreuzung erreichen. Dann sehen Sie drei Wege vor sich und Sie müssen sich für einen Weg entscheiden, wenn Sie weiterkommen wollen. Tri heißt drei und dass via Straße heißt, kann Sie auch nicht überraschen. Nun, dahin will ich Sie bringen, wenn Sie mit mir aus der Krise kommen wollen. Nein, das ist kein weiteres Gewäsch zum Thema Covid 19, das ist keine Krise, sondern höchstens eine Unannehmlichkeit, vielleicht auch unsere letzte Chance. Nein ich rede von der echten Krise, das ist ganz eindeutig die Klimakrise und deren zugeordnete Krisen sozialer und ökonomischer Art. Wir müssen uns von der US-amerikanischen Bevormundung lösen, ganz radikal. Denn es ist der von den US-Amerikanern vorgelebte schrankenlose Kapitalismus, der dafür verantwortlich ist: Für die Vermüllung der Erde, die Zerstörung der Atmosphäre und die extrem unsoziale Verteilung des Reichtums auf der Erde. Ganz gleichgültig, welche Statistik Sie jetzt heranziehen wollen, sie laufen alle darauf hinaus, dass in den Händen einiger weniger der weitaus größte Teil des Reichtums liegt. Und wir müssen uns radikal trennen, aus allen internationalen Verträgen aussteigen, an denen auch die US-Amerikaner beteiligt sind. Da beginnt bei der UNO, geht weiter über NATO (Ok gilt nicht für Österreich aber für Europa),

WTO, GATT, UNHCR, UNESCO, WHO alle diese Vereinbarungen, die früher einmal von den US-Amerikanern finanziert wurden und deshalb in ihrem Interesse agierten. Wir müssen uns auch von dem nur sehr vordergründig bequemen Exportmarkt USA trennen denn zu deren Bedingungen zu produzieren und zu liefern ist ruinös, wie man gerade in den vergangenen Tagen an den Tornados in Kentucky und Umgebung sehen konnte. Da es leider nicht so ist, dass sich die Folgen bei den Verursachern konzentrieren, sondern weltweit auftreten gehen uns auch die Tornados in Illinois etwas an. Ich will das jetzt nicht zu breit auswalzen, Sie haben dazu ausreichend eigene Informationen. Wenn Sie mir zustimmen, dass Distanz zu den USA alternativlos ist, sind wir an dem Punkt der trivialen Entscheidung. Ab hier gibt es drei Wege, meine Einteilung in A, B und C ist keine Reihung oder Wertung, Sie werden sehen, welche Lösung ich bevorzugen würde:
A) Wir probieren es einmal mit dem Kommunismus. Warten Sie ein wenig mit Ihrem empörten Aufschrei. Der Kommunismus ist unbestreitbar eine geniale politische Idee, es wäre an der Zeit, ihn einmal aus zu probieren. Denn, was es bisher gab, von der damals existierenden Sowjetunion etwas verschämt „real existierender Sozialismus" genannt, war nur eine Fortsetzung der brutalen russischen Machtpolitik, ein Erbe der ja nur im Westen verkitschten Zaren. Denn das Konzept war nie für eine primitive, rückständige Agrarmacht gedacht, wie es damals Russland war, sondern für moderne Industriestaaten wie etwa England oder Deutschland. Und so hat es tatsächlich nicht funktioniert, das feudale System der Mangelwirtschaft für den größten Teil der Bevölke-

rung wurde auf die gesamte Bevölkerung erweitert. Interessant war, den Versuch in Kuba zu beobachten. Immerhin ist es in Kuba gelungen, das kriminelle, korrupte System einer mafiahörigen Regierung zu beseitigen, das System der Gesundheitsversorgung funktionierte so gut, dass große Teile Lateinamerikas davon profitieren konnten. Trotzdem hat der Kommunismus auch in Kuba nicht funktioniert. Denn das System überlebte nur deswegen, weil Russland das kubanische Hauptexportprodukt, den Zucker, zu wahnsinnig überhöhten Preisen kaufte, um den Stachel im Fleisch der USA am Leben zu halten. Und das war eine Ursache für den ökonomischen Zusammenbruch der Sowjetunion. Zugegeben nur eine Ursache, aber doch immerhin der Beweis, dass der Kommunismus ökonomisch nicht funktionierte. Die Geschichte hat allerdings deswegen und wegen des unmenschlichen Tyrannen Stalin, den Kommunismus mit einem Ruf versehen, dass die meisten Menschen wohl lieber auf dieses Experiment verzichten wollen. Wenn ich mir allerdings überlege, dass man mit einem Steuersystem im Kommunistischen Sinn Billionenbeträge lukrieren könnte, ohne Menschen in den Abgrund stoßen zu müssen, dann denke ich doch, dass es einen auf längere Zeit angelegten Versuch wert sein könnte. Wir haben ja in Österreich das Privileg, den Kommunismus in der Praxis zu beobachten. Die zweitgrößte Stadt des Landes hat ja nun eine kommunistische Bürgermeisterin. Schauen wir uns doch einmal an, was in Graz passiert.

B) schaut ähnlich aus, aber nur auf einen sehr oberflächlichen ersten Blick. Europa tritt aus der NATO aus und bildet eine eigene europäische Armee, gegen wen auch immer. Es ist überhaupt keine Frage, dass eine gemeinsame europäische Armee um etliche Größenordnungen billiger wäre als die gegebene Situation. Das mit NATO-Austritt und Europaarmee ersparte Geld könnte man für einige Jahre dazu verwenden, in Russland einen Konsumentenmarkt aufzubauen, ganz im Sinne des Marshallplanes nach dem Zweiten Weltkrieg. Sie erinnern sich vielleicht an die sogenannten ERP-Kredite. Und so meine ich es auch: Direkt Hilfen, ja auch, aber hauptsächlich Kredite, eben nach dem Muster des Marshallplanes. Das würde schlagartig die russische Bedrohung ausschalten und uns Europäern einen gesicherten Zugang zu den enormen Rohstoffreserven Russlands schaffen. Und in absehbarer Zeit wäre damit auch die Frage gelöst, wohin man hochwertige europäische Produkte exportieren kann. Es ist logisch, dass man dann, in gar nicht so langer Zeit, Russland einladen wird, der EU beizutreten, wohin es historisch-logisch ja ohnehin besser passt als etwa die Türkei. Ich habe die Ukraine und die Krim nicht vergessen und die behauptete oder von mir aus tatsächliche russische Invasion dort. Aber ist es wirklich so ein Grund sich aufzuregen, wenn wir uns erinnern, dass die Ukraine seit Menschengedenken russisch war und jetzt von der NATO aggressiv umworben wurde. Aus historischen Gründen führe ich hinzu, dass es Bestandteil der Verträge war, dass die NATO ihr Gebiet nicht erweitert, als Russland das besetzte Deutschland verließ. Die US-Amerikaner sind noch da, auch wenn es unter dem Deckmantel der NATO ist. Kredite statt Waffenkäufe, viel mehr oder viel bessere Methoden gibt es nicht, aus verlorenem Kapital lebendiges Wirtschaften zu machen.

C) unterscheidet sich nicht so wahnsinnig von den bisherigen Varianten, mit einem großen Unterschied. Die von der US-Amerikanischen Dominanz gelösten europäischen Staaten finden zu ihrem alten Selbstbewusstsein zurück. Ein neuer Nationalismus entwickelt sich, ein Nationalismus für Europa, die EU wird mehr als Wirtschaftsgemeinschaft, die auf Zölle und roaming-Gebühren achtet. Europa, in welcher politischen Form auch immer, wird zuständig für die großen Fragen, die national nicht zu lösen sind. Sozialpolitik Wirtschaftspolitik, Flüchtlinge, und wenn es denn sein muss: Verteidigung. Wir haben allen Grund, auf unseren Kontinent stolz zu sein und es ist höchste Zeit, die alte Angst, sich für einen der großen Machtblöcke entscheiden zu müssen, für USA oder Russland mit einem klaren „Keinen von beiden" zu beantworten. Sollte Ihnen in dieser Aufzählung China fehlen, das habe ich nicht vergessen, ich fürchte, da wird uns die Haltung aufgezwungen, uns allein zu behaupten oder mit allen anderen China so gut es geht im Zaum zu halten. Sollten Sie diesen Artikel als primitiven Antiamerikanismus auffassen, dann ist Ihnen nicht mehr zu helfen. Dann sind Sie von der US-amerikanischen Dauerbeeinflussung aus Hollywood, Nachrichtenagenturen, Amerikahäusern usw. usf. schon so vergiftet, dass Sie Angst vor Widerspruch haben. Es ist hart sich Hollywood ganz zu entziehen, weiß aus eigener bitterer Erfahrung.

Ihr Sokrates Grantscherm

LUKASCHENKO

Brief an Lukaschenko:

Sehr geehrter Herr Präsident, Sie haben es in Ihrer jüngsten Amtszeit doch tatsächlich geschafft, Sie sind in der langen Reihe postsowjetischer Diktatoren mit Abstand der Zynischste und Übelste geworden. Dass Sie versuchen, die EU zu destabilisieren, kann ich Ihnen nicht einmal übelnehmen. Die Arroganz, die die EU an den Tag legt, besser gesagt ist es allerdings eher der Teil der EU, der zur NATO gehört, also diese Arroganz zu bekämpfen ist verständlich und nachvollziehbar. Denn eigentlich hat sich die NATO ja anlässlich der deuschen Wiedervereinigung vertraglich verpflichtet, ihr Territorium nicht auszuweiten. Dass die sich nicht daran gehalten hat, führte dann zum Ukraine-Krieg. Schlimm genug, aber nicht so menschenverachtend wie Ihre Politik. Flüchtlingen, die alles verloren haben, vorzugaukeln, sie könnten von Weißrussland leicht in die EU einreisen, auch wenn Polen nicht gerade zur Kernzone der EU zu zählen ist, ihnen, den Flüchtlingen auch noch Geld für Ihre Fluglinie abzupressen und diese Menschen dann zwischen Polen und Weißrussland erfrieren oder sonst grauslich verrecken zu lassen, zu so einer schändlichen Politik hätte sich nicht einmal Joseph Stalin hinreißen lassen. Trotzdem, und das wird Sie jetzt überraschen, haben wir Grund Ihnen auch ein wenig dankbar zu sein. Denn Sie haben mit schonungsloser Härte und Offenheit dargelegt, dass die EU noch immer keine Flüchtlingspolitik hat, die diesen Namen verdient. Denn es kann nicht EU-Politik sein, den polnischen Grenzwachen zu helfen, Flüchtlinge ins Niemandsland zurück zu prügeln. Und wir reden in diesem Fall nicht von Zehn- oder Hunderttausenden, die hereindrängen, wir reden von ein paar tausend Menschen, wieviele genau, weiß vermutlich niemand, aber sicher weniger als zehntausend. Wie es geht, zeigt uns ein kleines europäisches Land vor, das wohl in absehbarer Zeit keine Chance hat, einer EU-Mitgliedschaft für würdig erachtet zu werden: Ich rede von Albanien. Dieses von den Geschichten nicht gerade verwöhnte Land hat die Konsequenzen daraus gezogen, dass so viele Albaner ihre Heimat verlassen haben, wo sie keine Chance sahen. Und da auch der Tourismus nicht so angesprungen ist, wie Albanien das erhoffte, haben die Skipetaren etliche tausend Flüchtlinge in ihren leerstehenden Hotels an der Küste untergebracht. Dort werden die Ankömmlinge in die Illusion eines europäischen Dorfes entlassen. Sie werden versorgt und medizinisch betreut aber sie müssen dafür arbeiten. So gering vermutlich die wirtschaftliche Wertschöpfung aus dieser Tätigkeit ist, sie ist wichtig, denn sie lehrt die aus so fernen fremden Ländern Geflohenen ein Stückchen europäischer Realität. Und was die armen Albaner können, dazu sollen die reicheren Europäer in der EU nicht in der Lage sein? Das kann nicht stimmen. Ich denke an die vielen, mehr oder minder verlassenen Dörfer in der ehemaligen DDR, aber es gibt auch in Westeuropa durchaus Bedarf an jüngeren lern- und arbeitswilligen Menschen. Natürlich kostet es am Anfang Geld, den Ankömmlingen Unterkunft, Versorgung und Ausbildung u bieten. Ich rede jetzt nicht von klassischen Flüchtlingen, die Asyl beantragen, ich rede von Menschen, die nichts anderes wollen, als eine kleine Chance, zu überleben. Aber es geht eben nicht an, das Problem exklusiv den ärmeren Südstaaten am Mittelmeer aufzubürden, weil die halt das Pech haben, über das Meer erreicht werden zu können. Es ist eines der Probleme, das nur von der gesamten EU angepackt und gelöst werden kann. Und jetzt bin ich wieder bei der Dankesschuld an Herrn Lukaschenko, der mit seiner zynischen Politik diesen Druck aufbaut, die EU weiter zu entwickeln, denn wer lebt schon gerne in Europa, wenn er täglich Bilder sehen muss, für die man sich als Europäer eigentlich schämen sollte. Wir wollen doch alle wieder ein bisschen Grund haben, auf uns und (unser) Europa stolz zu sein.

ZUSAMMENFASSUNG UND SCHLUSS

Sie meinen, einige Gedanken und Schlüsse, vor allem einige Maßnahmen kämen in den eben gelesenen Kommentaren mehrfach vor. Das sehen Sie richtig, aber so zahlreich sind die Maßnahmen eben nicht, die ich vorzuschlagen habe. Sie hätten einiges davon auch schon vorher gelesen. Das Problem ist, dass es die verantwortlichen Politiker eben nicht gelesen, nicht verstanden oder nicht befolgt haben. Darum kann man manche Dinge gar nicht oft genug sagen. Sehr viel Zeit zum Umdenken und zum Umlegen einiger wichtiger Hebel haben wir nicht mehr; meint Ihr

Wilfried Seifert, Kato Riglia, Anfang Februar 2023

ENDNOTEN

1 Phaehton war in der griechischen Mythologie der Sohn des Sonnengottes helios, der auch einmal den von Pferden gezogenen Sonnenwagen seines Vaters benützen wollte. Er beherrscht das Gefährt aber nicht und stürzte auf die Erde und löste eine Flut aus. Wie erwähnt, nicht die Sintflut. Die Griechen haben ihre eigene Flutsage, ihr Überlebender heißt Deukalion.
2 Quo usque tandem abutere (Catilina) patientia nostra. Mit diesen Worten begann der berühmte römische Redner Cicero (Marcus Tullius Cicero) seine erste von insgesamt vier Reden gegen Catilina. (lucius Sergius Catilina) Um dessen Umsturzversuch zu geißeln. Wie lange wirst Du noch unsere Geduld missbrauchen, Catilina? Es gelang Cicero unblutig die „Verschwörung des Catilina" niederzuschlagen. Der Trick, „abutere" verlangt im Deutschen natürlich einen Akkusativ, im Lateinischen aber einen Ablativ, es werden also nur die beiden letzten a betont, Fischers Ms sind falsch.
3 Retsína. Im griechischen weiblich, ein leichter, trockener, meist weißer Wein, bei dem Konservierungsmittel, das Harz stärker schmeckt als der Wein. Man kann sich überraschend schnell daran gewöhnen. Die meisten Neuling in Griechenland brauchen nur drei Viertel dazu. Es gibt selten auch roten Retsina, eher nicht im Dorfwirtshaus.
4 Jaaa. Das ist die so ungefähr gesprochene Abkürzung für Gia su (gespr. Jasu) und bedeutet wörtlich „für Dich", wird auch als Prost verwendet, da aller-

dings meist in gesellschaftlicher Form ja mas. Dann heißt es für uns.

5 DEI Das ist die öffentliche, mittlerweile teilprivatisierte Stromversorgungsgesellschaft. In Griechenland allerdings DEH geschrieben, der Buchstabe, der wie ein H ausschaut, ist allerdings das E, das wie ein I gesprochen wird. Denn H gibt es nun einmal nicht in Hellas, trotz Herakles und Hera.

6 Taýgetos: Wie erwähnt, altes Wort, daher drittletzte Silbe, daher das getrennt gesprochene Y.

7 Elgin Marbles. Der Brite Lord Elgin hat im 19. Jahrhundert die Friese des Parthenontenpels auf der Akropolis nach London ins Museum verschleppt, verkauft genauer gesagt. Er hat sie nicht geraubt, sondern bei der Regierung so gar gekauft, gegen eine lächerlich geringe Summe, denn die damalige Regierung, schätze die antiken Dinge nicht besonders, kein Wunder, Lord Eögin kaufte bei der damals türkischen Obrigkeit, Sultan Selim II. und die Forderungen nach Rückgabe stießen bei den Engländern bisher auf taube Ohren. Ja oft behaupten sie, die Frieseile seien im Museum in London besser aufgehoben, weil gegen den Schmutz des Athener Autoverkehrs geschützt.

8 Konstantinopel, so hieß Istanbul in der vortürkischen Zeit, wurde gerne auch Ostrom genannt, weil die Römer ihre Hauptstadt nach Osten verlegt hatten, um näher bei ihren gefährlichsten Feinden, den Persern zu sein. Die Stadt wurde nach Konstantin benannt, den die christliche Geschichtsschreibung der Großen nennt, weil er nicht nur der erste christliche Kaiser war, sondern auch das Christentum zur Staatsreligion erhob. Konstantin der Große war, wie

alle seine mit diesem Beinamen geehrten Herrscherkollegen ein Schlächter auf dem Thron. Natürlich war das Reich römisch, aber weil seine gebildeten Bewohner griechisch sprachen, werten es die Griechen gerne als ihre Geschichte. Vor und nach den Römern hieß'das Reich und auch die Stadt Byzanz. Und diese Stadt überdauerte Rom um knapp ein Jahrtausend. Ein Babenbergerherzog Leopold heiratete von dort eine Prinzessin Theophano. Sie kam mit ihren Bediensteten. Und weil die ihr Kind griechisch in den Schlaf sangen, heude mu paidion (Schlafe mein Kindchen) machten die Wiener daraus ihr heipopeidi, heiapopeia und was es noch an Variationen geben mag.

9 Demosthenes war ein berühmter Redner in Athen. Von ihm ist überliefert, dass er seine schwache Stimme dadurch kräftigte, dass er mit Kieselsteinen im Mund gegen die Brandung ansprach. Seine ersten Reden dienten dem Zweck, sein von Vormündern veruntreutes Erbe zurückzugewinnen. Er war teilweise erfolgreich. Bekannter wurde er als Gegner des Makedonenkönigs Philipp II, des Vaters Alexander des Großen. Er führte auch den militärischen Widerstand gegen Philipp an, unterlag aber und Philipp wurde zum Oberhaupt ganz Griechenlands.

10 Tavli ist das Brettspiel, das man in Griechenland am häufigsten sieht und spielt. Es ähnelt optisch dem auch in Mitteleuropa bekannten backgammon, hat aber nicht viel mehr als optische Ähnlichkeit. Es ist ein wenig komplizierter, bleibt aber natürlich ein Würfelspiel.

11 Achill und die Schildkröte, das ist vermutlich das bekannteste Paradoxon des vorsokratischen Den-

kers Zeno von Elaia. Achill tritt zum Wettlauf gegen eine Schildkröte an und lässt ihr einen kleinen Vorsprung, bevor er selbst losläuft. Die Zeit, die Achilles (altgriechisch heißt er übrigens Achilleas, trotzdem vorletzte Silbe betont) braucht, um die Schildkröte einzuholen, läuft die Schildkröte weiter und so geht das immer weiter. Achilles kann die Schildkröte nie einholen, weil sie immer ein Stückchen voraus bleibt. Da dies aber offensichtlich in der Praxis nicht stimmt, zog Zeno daraus den Schluss, dass es die Erkenntnis der Wahrheit nicht geben könne, die Tatsache, dass Achill an der Schildkröte vorbeistürmt, müsse ein Irrtum sein. Immerhin, wenn Sie auf neugriechisch sagen wollen, „ich denke", benützen Sie das Wort. Skeptomai. Sie werden sehen und hören dass Denken, Schauen und Zweifeln eng beieinander liegen.

12 Demokratie wird bei uns üblicherweise mit Volksherrschaft übersetzt. Das ist nicht ganz richtig, denn Demos ist immer nur die Bevölkerung einer Stadt und nicht die des Staates, den es bis ins 19. Jahrhundert nicht gab, das Staatsvolk heißt laos, wovon unser Wort Laie kommt. Und die Erfinder der Demokratie, die Athener gingen noch einen Schritt weiter. Die früheren Richter und Regierungsmitglieder wurden nicht etwa gewählt sondern gelost, weil die Erfinder der Demokratie meinten nur so die sonst zu erwartende Korruption vermeiden zu können. Und zur Wahl, das heißt zur Verlosung standen nur männliche Athener, nicht Sklaven oder Frauen. Allerdings wird der griechische Staat jetzt Dimokratia genannt, mit dem wie I ausgesprochenen E, das ist das Ita, früher Eta genannt und die Griechen haben nicht

einmal ein eigens Wort für Republik erfunden, das heißt bei ihnen auch Dimokratia, δημοκρατεια, und obwohl altgriechisch auf der vorletzten Silbe betont.

13 Die griechische Fahne heißt Galanolevki (γαλανολευκι) das heißt das milchige Weiß. Linksoben istein kleines Kreuz, dominiert wird das Fahnentich von neun abwehselnd blauen und wweißen Streifen, die stehen für die Losung: eleftheria i Thanatós (ελευθερια τ θανατοσ) Freiheit oder Tod und das sind, wie Sie sehen im Griechischen neun Silben. Und hier stimmt die grobe Unterschidung in dritt- und vorletzte Silb nicht, der Tod wird auf der letzten Silbe betont, die Freiheit auf der vorletzten, obwohl es beide sehr alte Wörter sein müssen, vielleicht füher nicht so häufig gebraucht.

14 Ostrakismos, das heißt Scherbengericht. Auch das ist eine Erfindung de frühathenischen Demokratie. Wenn die Athener mit ihrer Regierung unzufrieden waren, konnten sie an bestimmten Tagen den Namen eines Politikers auf eine Tonscherbe schreiben. Wenn genügend Stimmen zusammenkamen, wurde der Betreffendes Landes verwiesen. Die Schönheit dieses Rechtsmittels ist, dass man dabei keine blutige Revolution, keinen Mord brauchte. Der Betroffene hat auch nicht seine bürgerlichen Rechte (für spätere Zeiten oder Gelegenheiten) oder sein Vermögen verloren, Hauptsache der Dampf konnte aus dem Hexenkessel der Stadt abziehen. Lassen Sie es mich so sagen: Ich kenne blödere politische Regeln.

Der Autor

Wilfried Seifert wurde 1948 in Linz geboren und lebte dort bis zur Matura 1966. Auf ein freiwilliges Jahr beim Bundesheer folgten zahlreiche Studien – jeweils ohne Abschluss, „weil ihn die Fächer schon nach kurzer Zeit langweilten". Seit 1970 verheiratet und Vater eines Kindes, seit 2009 Großvater. Von 1974 bis 1992 Journalist beim ORF, seitdem selbstständiger Fernsehproduzent. Seit 2002 lebt der Autor die längere Zeit des Jahres in Griechenland. Wilfried Seifert verfügt in hohem Ausmaß über die wichtigsten Grundvoraussetzungen im Journalismus: Neugier und Deutschkenntnisse.

novum VERLAG FÜR NEUAUTOREN

Der Verlag

„ *Wer aufhört besser zu werden, hat aufgehört gut zu sein!*

Basierend auf diesem Motto ist es dem novum Verlag ein Anliegen, neue Manuskripte aufzuspüren, zu veröffentlichen und deren Autoren langfristig zu fördern. Mittlerweile gilt der 1997 gegründete und mehrfach prämierte Verlag als Spezialist für Neuautoren in Deutschland, Österreich und der Schweiz.

Für jedes neue Manuskript wird innerhalb weniger Wochen eine kostenfreie, unverbindliche Lektorats-Prüfung erstellt.

Weitere Informationen zum Verlag und seinen Büchern finden Sie im Internet unter:

w w w . n o v u m v e r l a g . c o m